LE NOVICIAT DU MARQUIS DE***,

OU L'APRENTI devenu Maître.

SECONDE PARTIE.

LE NOVICIAT

DU

MARQUIS DE***,

OU L'APRENTI

devenu Maître.

SECONDE PARTIE.

A CITER,

En l'Année 1747.

Avec Approbation de VENUS.

LE
NOVICIAT
DU
MARQUIS DE ***.

SECONDE PARTIE.

ESt-il abſolument vrai que l'on ſoit à plaindre de naître avec un goût décidé pour les plaiſirs ? Il faudroit, pour en juger ſainement, pouvoir faire une exacte combinaiſon des biens & des maux que ce goût nous fait éprouver : calcul épineux où la raiſon ſe perd. A combien de démarches extravagantes la pante trop facile vers la volupté n'eſt-elle pas capable de nous porter ? La rapidité du torrent qui nous entraîne ne nous laiſſe pas le tems d'enviſager les objets ; nous nous laiſſons

II. Partie.   A

féduire, un voile imposteur nous aveugle : frivoles joüets de nos passions, leur ivresse ne permet à notre ame aucun retour sur elle-même, & la prive, par ce moyen, de la seule ressource qu'elle pourroit oposer à l'illusion. Elle a besoin, pour rentrer dans ses droits & reprendre sa dignité, de joüir d'une paix dont le tumulte des sens la rend incapable. On raisonne ainsi de sang-froid, & lorsque le cœur devenu docile aux réflexions, n'est plus dominé par la force d'un ascendant invincible ; mais j'en appelle à l'expérience : rappellons-nous le souvenir de ce que nous avons ressenti nous-mêmes dans ces occasions dangereuses où nos réflexions n'ont servi qu'à nous mieux convaincre de notre foiblesse : pour peu que notre mémoire nous serve fidelement, elle nous retracera quelques-uns de ces instans qui nous paroissoient si délicieux, où captivés par le sentiment, la vivacité de ses impressions agissoit sur notre ame avec tant d'empire, & nous serons presque forcés de convenir que l'esprit, quoique beau raisonneur, n'est souvent qu'un sophiste lorsque le cœur se met de la partie.

Mon nouveau goût pour la S*** ne faisoit pas l'éloge de ma délicatesse, j'en conviens, je paſſe condamnation ſur cet article, auſſi-bien que ſur une infinité d'autres où ma conduite n'a pas été plus raiſonnable : je ne me donne pas comme un modele à ſuivre, je penſe l'avoir déja dit, & je ſuis bien éloigné de chercher à juſtifier mes fautes. Je ne pouvois m'abuſer ſur la manière dont elle meritoit qu'on penſât ſur ſon compte ; ſa conduite avec moi m'aprenoit aſſez ce que je devois en attendre : je ne pouvois pas me flatter d'être plus heureux dans le renouvellement du bail que mon cœur alloit contracter avec le ſien. Le paſſé étoit un exemple inſtructif pour l'avenir. Je me déterminai cependant avec la même ſécurité que ſi je n'avois rien eu à redouter.

Vous voilà donc enfin de retour, Monſieur le fugitif, me dit-elle en entrant, il faut en verité bien des miſtères pour joüir de votre aimable vûë. Je ſens, Mademoiſelle, lui répondis-je, toute la force de l'ironie ; vous me permettrez cependant de vous faire obſerver qu'elle n'eſt pas trop bien placée. Lorſqu'on a briſé avec les gens par une rupture ouverte, je ne vois pas qu'on puiſſe avec juſtice leur faire un crime de leur abſence. Vous m'avez congedié d'une ma-

nière si cruelle.... Deux mots d'explica-
tion, interrompit-elle : osez-vous vous
plaindre d'avoir été congedié? Pas tout-
à-fait, repris-je, je veux bien l'avoüer;
mais une infidelité aussi marquée que la
vôtre ne suffisoit-elle pas pour m'inter-
dire l'honneur de votre presence? Mon
Dieu, dit-elle! Vous avez une mine froide, grave & picquée qui feroit peur à
toute autre; mais j'espere que vous me
ferez la grace d'adoucir un peu cet air
majestueux qui ne vous sied pas trop
bien, soit dit en passant. Qu'appellez-
vous infidelité, poursuivit-elle? Ma
complaisance pour les sollicitations de
Milord.... en étoit-elle une? Donne-
t'on ce nom-là à quelques legères bontés, incapables d'alterer le fonds de tendresse qui m'attachoit à vous? Il m'offroit des services, je les refusai d'abord;
il revint à la charge, plus tendre que
vous, mon obstination ne put le rebu-
ter; ennuyée à la fin d'être toûjours
persécutée, je me rendis par lassitude,
& cedai, quoiqu'avec repugnance, à ses
importunités. J'acceptai ses offres. Y a-
t'il rien de criminel dans cette conduite? Qu'ai-je fait que toute autre en ma
place n'eût été forcée de faire? Pen-
siez-vous que cela pût rien prendre sur

les sentimens que j'avois pour vous ? Mon cœur étoit exclus du marché que je faisois avec lui, & je vous le conservois dans toute sa pureté.

Je ne pus m'empêcher de l'interrompre en cet endroit. Je ne vous entends point du tout, Mademoiselle, lui dis-je, & je vous confesse naturellement que je n'ai point assez de lumières sur le chapitre de l'amour pour être en état de faire de ces distinctions delicates entre la réalité des choses & leur image. Je n'y mets, pour moi, presque aucune difference. Tant pis pour vous, Monsieur, reprit-elle, je vous plains d'être entêté d'une opinion si extravagante. Je ne veux que vous proposer pour exemple la situation où nous sommes, pour vous convaincre que votre façon de penser est pitoyable. Vous m'aimez, je réponds à votre amour, cela est à merveilles ; enchantés l'un de l'autre nous ne sommes capables que de nous donner des temoignages reciproques de notre tendresse. Il y a cependant de certaines attentions necessaires , indispensables même, de certains details d'interêts, de fortune, minuties au-dessous de vous & de moi. Qui s'en chargera? Irons-nous faire diversion aux plaisirs pour nous en embarraſſer? Nos cœurs trop occupés ne nous en donnent pas le loiſir. Pour remedier à cet inconvenient, on ſe trouve dans la neceſſité de commettre ce ſoin ennuyeux à des gens formés exprès pour cela; hommes riches, doux, commodes, complaiſans, accoûtumés à eſſuyer nos travers & nos hauteurs, eſclaves de nos goûts, & miniſtres de nos plaiſirs; de ces gens qui ſans cela ſeroient deſœuvrés, qui n'ont rien autre choſe à faire, & qui ſe trouvent trop heureux d'être chargés d une commiſſion qui leur plaît à la verité, mais qui leur coûte aſſez cher, & ne leur fait pas aſſez d'honneur pour leur être enviée.

Defaites-vous, continua la S*** de vos ridicules préjugés, ils font tort à votre eſprit. Préjugés tant qu'il vous plaira, Mademoiſelle, repris-je, j'y ſuis trop attaché, & je ſens que j'aurois peine à m'y ſouſtraire; car enfin, quoique je connoiſſe peu les hommes, ce que j'en ai vû juſqu'à preſent m'a perſuadé qu'ils ne font rien pour rien. Les ſervices qu'on peut vous rendre ſont intereſſés; je connois votre bon cœur, vous êtes genereuſe, & j'entrevois une reconnoiſſance qui m'effraye. La ſeule idée de la recompenſe attachée à ces ſortes de ſoins me defefpere. Que vous êtes ingenieux à vous tourmenter, me dit-elle ! Figurez- vous que je prens un Intendant : pouvez-vous, Monfieur, m'empêcher d'en avoir un ? Il eft vraï qu'on ne donne pas tout-à-fait ce tître à l'efpece de gens dont nous venons de parler ; mais cela ne fait jamais qu'une difpute de termes ; ils en font les fonctions, cela ne revient-il pas toûjours au même ? & devez-vous trouver mauvaïs que je m'épargne par ce moyen la peine de prendre fur moi des arrangemens qui m'impatientent.

Je fentois tout le ridicule de ce raifonnement : cependant, je l'avoüe à ma honte, mon cœur, mon foible cœur feduit par la prefence de la S *** éprouvoit une émotion trop flatteufe pour me laiffer la liberté de reflechir fur les defauts de fon ame, le dirai-je ? Son extravagance même la rendoit plus picquante, & fembloit lui prêter de nouveaux charmes. Elle s'apperçut de l'impreffion qu'elle faifoit fur moi, elle me connoiffoit trop bien pour s'y méprenndre. Mais, en verité, ajoûta-t'elle, je fuis bien bonne de me tant fatiguer pour chercher à vous rendre raifonnable, comme fi j'étois dans l'obligation de me juſtifier vis-à-vis de vous, au lieu que ce ſeroit à vous à le faire. Avec tous vos beaux raiſonnemens que vous dicte une jalouſie deplacée, vous vous imaginez paroître plus tendre, j'en doute très-fort pour moi; ce qu'il y a de ſûr, c'eſt que cela vous rend moins amuſant, je ne ſai ſi vous vous en apercevez. N'avons-nous pas des choſes mille fois plus intereſſantes à nous dire? Un temps ſi precieux devroit-il ſe conſumer en diſputes inutiles? Si vous ſaviez aimer, dans l'inſtant que je vous parle.... ah! cette remarque devroit-elle venir de moi? Je vous fais grace cependant des reproches que vous meritez: convenez, Monſieur, que j'ai l'ame bien belle.

Que notre foible raiſon eſt facile à ſeduire, & qu'une femme adroite a d'avantages ſur nous, lorſque notre cœur, d'intelligence avec ſes charmes, ſe prête à ſon triomphe, & lui fournit des armes contre nous! Un reſte de honte captivoit encore l'inſtinct qui me portoit aux plaiſirs, mais il n'étoit pas aſſez fort pour le ſuſpendre long-temps. J'étois ébranlé, un ſoûrire acheva ma defaite, & me fit ſentir ma foibleſſe dans toute ſon étenduë. Mille idées voluptueuſes s'emparant de mon ame, la remplirent de ce defordre auquel je favois fi peu refifter. Je cedai aux accès de l'émotion dont j'étois agité; j'accufai même mon cœur d'indolence, d'avoir balancé fi long-tems. Je crus que mon infenfibilité meritoit tout le reffentiment de la S*** & j'effayai par les plus tendres careffes de me mettre en devoir de reparer mes torts. Elle feignit pendant quelques mo-mens de s'oppofer â mes tranfports. Laiffez-moi, me dit-elle, c'eft bien cela dont il s'agit! Croyez-vous que vos em-portemens ordinaires foient capables de me convaincre pleinement de votre ten-dreffe? Vous vous imaginez qu'une fem-me un peu délicate n'envifage que des amufemens d'une certaine efpece. Fi-niffez, vous dis-je, je veux abfolument être en colère. Il n'eft pas fi facile que vous vous le figurez de m'appaifer, & vous vous y prenez fort mal, je veux bien vous en avertir. Ce n'eft pas ainfi que vous obtiendrez votre grace.

Je continuois toûjours cependant, fans m'effrayer de la cruauté dont Ma-demoifelle S *** fe paroit. Je favois trop bien qu'elle n'auroit pas la force de joüer long-temps un pareil rôle, ce per-fonnage n'étoit pas foutenable. La con-noiffance que j'avois des difpofitions de ſon cœur me perſuadoit aſſez que ſon propre interêt preſcriroit de juſtes bornes à ſon dépit. Je ne me trompai pas. Sa fierté s'adoucit imperceptiblement, elle devint raiſonnable, je lus mon pardon dans ſes yeux, & ſa bouche me le confirma par les expreſſions les moins équivoques que la volupté puiſſe mettre en uſage.

L'enchantement qui m'avoit obſedé auprès de Madame de Vertain étoit détruit. Les bontés de la S *** me rendirent toute ma ſenſibilité. Surpris de ce prodige je croyois que c'étoit un ſonge, j'aprehendois à tous momens d'en voir la fin ; mes craintes furent vaines, graces aux ſoins & aux complaiſances qu'on avoit pour moi ; je m'apperçus avec une joye inexprimable que mon état étoit réel & conſtant ; les eſſais que j'en fis ne me laiſſerent aucun doute. Je ne ſuis point ingrat, je ſentis combien j'avois d'obligations à celle qui me le procuroit. Attendrie par les preuves que je lui donnois de ma reconnoiſſance, elle me dit qu'il ne tiendroit pas à elle que notre réconciliation, qui venoit d'être l'ouvrage du plaiſir, ne devînt ſolide & durable ; elle me réïtera les ſermens d'une fidélité & d'une conſtance à l'épreuve. Nous jurâmes une paix éternelle dont l'amour étoit le garant; bonne caution que l'amour! N'importe, nous nous en raportâmes aveuglement à sa bonne foi. L'article des Intendans fut rayé; elle m'afsûra qu'elle s'en pafseroit, quelque necefsaires qu'ils lui fufsent. Je lui jurai à mon tour de renoncer abfolument à la jaloufie, de n'être fenfible qu'à la douceur d'être aimé d'elle, & d'y repondre par mes emprefsemens. Je prie le Lecteur de remarquer qu'en nous faifant ces promefses reciproques, nous ne nous engagions pas fans quelque petite reftriction mentale, qui inferoit dans notre traité des claufes tacites, fur lefquelles nous ne jugions pas à propos de nous expliquer ouvertement. On jure de s'aimer fans cefse, mais c'eft à condition qu'on fe trouvera toûjours aimable; dès qu'on cefse de le paroître, le marché devient nul, les parties font libres de droit. Une liaifon qui n'a d'autre fondement que la volupté, ne fauroit fubfifter plus long-temps qu'elle.

Mon racommodement avec la S *** ne m'avoit pas fait oublier Madame de Vertain; je m'étois trop bien trouvé de la diverfité, pour n'en pas faire ufage. J'attendois au contraire fon retour avec impatience. Flatté de l'idée de pouvoir varier mes amufemens, je me faifois une image delicieufe des plaifirs que ce nouvel arrangement me promettoit. Elle revint à Paris ; je n'eus pas plûtôt appris fon arrivée, que l'amour me fit voler chez elle. Je fus reçû en homme qu'on defiroit. Mon air triomphant annonçoit les plaifirs. Ce n'étoit plus cet amant languiffant reduit à la Metaphifique de la tendreffe. Mes regards exprimoient l'ardeur la plus vive. Dès que nous pûmes nous trouver feuls, mes empreffemens à lui donner des temoignages de ma flamme lui en prouverent la realité. Mon amour pour elle fembloit avoir pris de nouvelles forces; l'abfence & le petit divorce que j'avois fait pendant quelque temps avec fon idée, avoient donné à fes charmes les agremens de la nouveauté. Jamais, à ce qu'elle m'avoüa, je ne lui avois parû fi tendre. J'en reçus les remercimens les plus flatteurs.

La refolution que j'avois prife de fuivre avec plus de difcretion les mouvemens de mon cœur, s'évanoüit. Adieu projet d'économie, fiftême de conduite; l'attrait du plaifir fit tout éclipfer. Il ne me vint pas feulement une fois
dans

dans l'imagination de moderer l'impetuosité de mes desirs. Je m'abandonnai en aveugle à ma destinée. Je meritois bien d'être la dupe de mon imprudence. Mon fragile bonheur ne dura qu'autant qu'il fallut pour me faire sentir plus cruellement le poids de mes iniquités.

Mon cœur alternativement occupé avoit trop d'affaires pour y suffire longtemps. Ma prodigalité me fit bientôt retomber dans mon premier état. Mes visites devinrent moins assidues, je ne m'empressois pas de chercher des conversations où je n'avois presque rien à dire. Les mauvais pretextes que j'employois pour les éluder, ne purent empêcher la verité de percer. Le fatiguant emploi que celui d'homme à bonnes fortunes ! & qu'il coûte cher à ceux qui s'en font honneur dans le monde ! S'ils n'alterent pas la verité, je suis persuadé qu'il y a bien des momens où moins heureux qu'ils ne tâchent de le persuader, malgré le frivole honneur des vanités du siecle, l'ennui & le degoût leur feroient avoüer, s'ils n'étoient revenus par une mauvaise honte, que rien n'est moins agréable que le soin embarassant de menager deux passions dont une seule suffit pour occuper toute notre sensibilité.

La tendre Madame de Vertain, familiarisée avec mes malheurs, usa de son indulgence ordinaire. Bien éloignée d'avoir le moindre soupçon de mon infidelité, elle attribua toûjours mon infortune à la même cause. Une femme aimable croit difficilement qu'on puisse lui manquer. Ses charmes devoient la rassûrer. Elle me consola avec une bonté qui me fit mieux sentir ma faute, que tous les reproches dont elle eût été en droit de m'accabler, si elle eût été instruite. Je meritois sa haine, sa tendresse aggravoit mon crime, & les remords dont mon cœur étoit dechiré me punissoient cruellement & la vengoient de mes perfidies. Vous me desespérez de vous affliger comme vous faites, mon cher Marquis, me disoit-elle. Trop heureuse d'être assûrée des sentimens de votre cœur! Car je suis persuadée que vous m'aimez, ma tendresse pour vous m'en est un sûr garant, il faut laisser au temps & à l'amour le soin de ramener les plaisirs & de vous rendre votre sensibilité, ce sont de foibles nüages qui, loin d'alterer notre bonheur, doivent servir au contraire à nous en mieux faire goûter les delices.

Un procedé si noble auroit dû me faire renoncer à mon attachement pour la S ***, si je n'avois eu un cœur incorrigible : la comparaison de son caractère avec celui de Monsieur de Vertain, formoit un contraste trop odieux pour ne pas m'engager à lui rendre justice ; mais qu'il est penible à un cœur degradé par un attachement indigne, de prendre assez sur lui-même pour renoncer aux attraits d'une inclination honteuse, avec laquelle le temps nous a fait contracter une espece d'habitude ! Quoique nous ne soyons plus retenus par l'amorce des plaisirs, on y tient encore long-temps même après que le sentiment émoussé n'agit plus que machinalement sur notre ame.

Il s'en fallut bien que j'éprouvasse avec la S *** la même generosité & le même desinteressement que j'avois trouvé avec Madame de Vertain. Surprise de voir succeder tant de tiedeur à mes premiers empressemens, elle ne put se moderer assez pour me deguiser ses sentimens. Elle essaya d'abord de me retirer de l'état d'indolence dans lequel je paroissois anneanti ; elle mit en usage tout l'art dont est capable une femme experimentée, & qui desire de plaire : tendresse, emportemens, langueur, re-

gards paſſionnés, tout fut employé inutilement, les careſſes les plus animées ne
pouvoient obtenir de mon inſenſibilité
que de ces froides douceurs que dicte
la politeſſe, & dont l'amour s'outrage.
En vain je m'excitois & cherchois à
ranimer les cendres d'un feu preſque
éteint, je ne pouvois ſurmonter le char-
me dont j'étois obſedé. Un endurciſſe-
ment ſi marqué l'indigna à la fin. Elle
perdit patience, & prit la reſolution de
m'abandonner à ma malheureuſe deſti-
née. Elle n'eut pas beaucoup de peine
à ſe determiner à ce parti; ſon ame in-
ſenſible à tout autre ſentiment qu'aux
appas frivoles d'une volupté momen-
tanée, abjura la tendreſſe que je lui
avois inſpirée, & à laquelle le plaiſir
ſeul l'avoit intereſſée.

Je fus dès-lors regardé comme un homme ennuyeux; je ne tardai pas à m'ap-
percevoir que je lui étois devenu à charge, ſes inégalités & ſes caprices me pré-
ſagerent ma diſgrace prochaine, ſes manières biſarres redoubloient encore mon
degoût, & ſembloient le juſtifier à mes
yeux. J'étois étonné d'avoir pu ſi long-
temps aimer une femme d'une humeur
ſi ridicule. Le retour de ma raiſon avoit
deſſillé mes yeux, & me faiſoit remar-

quer mille defauts dont je ne m'étois
pas apperçu jufqu'alors. On juge à la
rigueur, lorfqu'on n'a plus d'amour. Gêné vis-à-vis d'elle, importuns l'un à l'autre, nous aurions été fort embarraffés de
rendre raifon des motifs qui nous enga-
geoient à nous voir.

Je me rendis encore plus rare que je
n'avois fait; les difpofitions où elle étoit
ne la portoient pas à m'en faire un crime : elle parut me favoir gré de ma difcretion; je faifis avec avidité la facilité
qu'elle m'offroit de l'éviter, j'aurois même voulu trouver un pretexte pour rompre tout-à fait avec elle. Si je la voyois
encore quelquefois, je n'étois plus retenu que par une mauvaife honte. Lorfque je fais réflexion fur la conduite que
je tins alors, je ne puis m'empêcher de
convenir que c'eft quelque chofe d'in-
compréhenfible que le principe qui nous
fait agir. Il femble, à voir les efforts
que nous faifons pour forcer nos fentimens naturels, que nous voulions ré-
former l'ordre des chofes, & faire con-
fifter notre félicité dans une contrainte
qui lui eft directement oppofée. Quelle
pitoyable manie de s'opiniâtrer à foû-
tenir un rôle que le cœur dément! C'eft
cependant ce qui nous arrive tous les

jours, graces aux ressorts d'une imagination fertile à nous tourmenter. Rien n'est beau que le vrai, & je suis persuadé que les hommes gagneroient autant à se montrer tels qu'ils sont, qu'ils perdent à vouloir paroître ce qu'ils ne sont pas.

Comme la S *** n'étoit pas accoûtumée à se trouver desœuvrée si longtems, elle ne tarda pas à chercher les moyens de charmer son oisiveté. Je la surpris dans quelques tête-à-tête équivoques, qui me firent entrevoir une disgrace plus que prochaine. On ne se rend pas justice; je ne crus pas mériter d'être sacrifié; j'en voulus marquer mon mécontentement; mais je ne fus pas écouté: mon regne étoit passé, il ne me convenoit plus de faire le jaloux. Quoique la perte de son cœur m'intéressât plus que ma vanité, je voulus m'obstiner à fixer sa constance. Je luttois contre l'adversité, malgré toutes les raisons de prudence qui m'avertissoient qu'il étoit tems de songer à faire ma retraite avec un reste de gloire. Je réüssis mal, le sentiment de jalousie qui me faisoit agir, acheva ma proscription.

Nous nous broüillâmes enfin tout-à-fait après un éclat qu'elle soûtint avec

toute l'indifférence d'une femme au-def-
fus des préjugés, Le lendemain de notre rupture je reçus une Lettre, où la
S * * * m'expliquoit fes intentions d'u-
ne manière à ne me plus laiffer aucune
incertitude. Je ne crains pas que le Lecteur puiffe me foupçonner d'amour- propre, fi je lui en fait part. La voici.

*En vérité, Monfieur, je ne comprens
rien à votre procédé. Plus je m'examine,
moins je puis deviner les raifons de votre
jaloufie. Vous jaloux ! & de quoi? Je
me perds dans les réflexions que vos idées
ridicules me font faire. Ah! j'y fuis enfin, la jaloufie a pris chez vous la place
de l'amour. C'eft à préfent votre paffion
favorite; vous n'avez rien de mieux à
faire. Vous cherchez à vous occuper. Convenez qu'il eft bien trifte d'en être réduit
là, & que je ferois bien folle de m'amu-
fer à calmer vos chimériques foupçons.
Mais favez-vous bien que vous joüez un
rôle qui me fait peine? Ce n'eft pas mon
intérêt qui me fait parler. Vous devez
me rendre juftice, & vous me connoiffez
affez pour favoir combien peu je fuis attachée à ce qu'il a plû à vous autres hommes de nommer plaifirs. Je ne tiens point
du tout à des objets fi frivoles. Je vou-*

drois être la seule intéressée, vous verriez
par ma façon généreuse de penser, qu'un
Amant m'est encore plus cher dans une
situation malheureuse, qu'il ne doit qu'à
un excès de tendresse, que lorsqu'il m'est
offert avec tous les avantages de l'amour
le plus empressé. Ce qui me désespere,
c'est le ridicule dont vous couvre le travers que vous avez pris avec moi : car
n'en doutez pas, vos mauvais procédés ne
font tort qu'à vous-même. Sobre dans
mes désirs, ma froideur naturelle me faisoit attendre, sans murmurer, le retour
de votre raison ; une manière d'agir aussi
noble n'a pas trouvé grace devant vos
yeux : vous voulez absolument me rendre
la victime de vos injustices, & que je
sois obligée de gémir de vos iniquités.
C'est assûrement une erreur dont vous
seul êtes capable ; mais je prétens vous en
faire revenir, & pour vous en convaincre, je commence par rompre dès aujour-
d'hui tout commerce avec vous. Faites-
moi la grace de suprimer vos visites ; en
vous faisant cette prière, je compte vous
épargner de l'ennui. Puisqu'il m'est dé-
sormais interdit d'aspirer au plaisir de
faire votre bonheur, je n'aurai pas du
moins la douleur de contribuer à l'al-
térer.

Il n'étoit pas nécessaire que cette Lettre se joignît aux dispositions naturelles mon cœur, pour me faire abjurer sans retour un attachement si peu convenable. Quelque mortifiant qu'il fût pour moi d'être abandonné le premier, je sacrifiai sans peine les désirs de vengeance. Les railleries que j'avois essuyées la première fois, m'avoient rendu sage. Il n'est pas flateur de mériter les attentions du Public par des scènes ridicules.

C'est en vérité quelque chose de bien ennuyeux que la sagesse. Si l'on peut honorer de ce titre l'état de langueur & de dégoût où nous met l'absence des passions. Par quelle bizarrerie a-t'il plû aux hommes de faire consister le souverain bien dans une inaction insipide, qui, nous laissant replier sur nous-mêmes, nous rend, pour ainsi dire, isolés au milieu d'une infinité d'objets destinés sans doute à faire notre félicité? Le raport mutuel de tous les êtres qui concourent à composer l'Univers, en fait l'harmonie, pourquoi donc chercher à supprimer les passions qui servent à entretenir ce raport par les charmes d'une liaison délicieuse? Je demande grace pour la réflexion que j'ose risquer. Cette extravagance ne proviendroit-elle pas

de ce que les hommes aveugles & igno-
rans, incapables de reconnoitre l'étenduë de leurs défirs, ne pouvant par cette raifon en limiter l'ufage, ont trouvé
qu'il étoit moins difficile de s'y refuler
abfolument, que d'en réfrener l'impétuofité par une jufte œconomie? Ne feroit-ce pas notre pareffe qui nous auroit
fait choifir le plus mauvais chemin, parce qu'il eft le plus court?

Ennuyé de tout, infuportable à moi-
même, je n'imaginois rien qui pût dif-
fiper la mauvaife humeur & l'ennuy dont
j'étois accablé. Je ne fortois prefque
plus: dès que j'étois revenu de l'Académie, je me retirois dans mon apartement, où je paffois la plus grande partie de la journée à la lecture. Mais tous
les livres du monde n'étoient pas capables de remplacer ce qui me manquoit.
J'y cherchois en vain le repos & la tranquilité d'efprit dont j'avois befoin.

La Comteffe de *** ma Tante, à qui
je demandois de tems en tems quelques
livres, me félicita fur le nouveau genre
de vie que je paroiffois vouloir embraffer; elle applaudit au goût qu'elle me
fupofoit pour les livres, elle eut même
la vanité d'attribuer mon changement à
fes exhortations. Encouragé par fes inf-

tances, si j'avois voulu la croire, il n'eût tenu qu'à moi d'aspirer à la gloire d'être un jour un savant au-dessus du médiocre ; mais l'honneur dont elle me flatoit ne m'éblouïssoit pas. Peu touché de la brillante réputation dont elle me faisoit envisager les charmes, je sentois bien que je n'étois pas destiné par mon inclination à savourer la douceur attachée au titre de savant : malgré mon peu de panchant à le devenir, elle crût cependant avoir fait un prosélite. La retraite & la solitude dans laquelle je vivois, me donnoient un air de vocation auquel elle fut trompée.

Hommes sérieux, graves, taciturnes, qui vous élevez avec tant d'orgüeil au-dessus des foiblesses de l'humanité, votre air nous en imposeroit-il ? Lorsque nous vous croyons occupés d'objets sublimes & importans, que pleins de respect pour les rares qualités que notre imagination vous prête, nous n'osons nous regarder nous-mêmes sans être confus de la distance prodigieuse qui semble nous séparer d'avec vous ; ne vous joüez-vous pas de notre crédulité! Seroit-il bien vrai que vous fussiez tels en effet que vous paroissez être ? N'y a-t-il point de charlatanerie ? Votre pré-

tendüe sagesse ne seroit-elle pas une sagesse de mine, étudiée seulement pour
la contenance ? Demasquez-vous pour
un instant, que je voye si ce que je
prends avec le commun des hommes,
pour des méditations profondes, ne
seroit pas un simple jeu fait pour amuser
des gens oisifs, inutiles à tout autre emploi, rebutés des plaisirs auxquels ils
n'ont plus rien à sacrifier, gens ennuyés,
encore plus ennuyeux, qui, s'il m'est
permis de me servir de cette expression,
mâchant à vuide perpetuellement, veulent couvrir sous un extérieur imposant
la foiblesse & la misère d'un cœur dé-
nüé de désirs, & flétri par le dégoût &
l'ennui.

Broüillé sans ressource avec la S ***,
que je méprisois & que je n'aimois
plus ; m'efforçant inutilement de reprendre feu pour Madame de Vertain,
qui, toute charmante qu'elle étoit, ne
pouvoit me rien faire gâgner sur l'inaction létargique de mon cœur, à charge
aux autres & à moi-même, toutes les
réflexions que je faisois sur mon état, ne
servoient qu'à me confondre & me désesperer, je ne pouvois pas me figurer
qu'il y eût une situation plus triste &
plus accablante que la mienne.

Mon

Mon ame trop fenfible n'avoit pas encore éprouvé de revers capables d'affermir fa délicateffe. Je ne gémirai pas long-tems fur des chagrins auffi frivoles. Bientôt inftruit à mes dépens, tourmenté prefque fans relâche par les cruels mouvemens d'une paffion malheureufe, je regretterai ce repos, qui me paroiffoit alors fi infuportable. Je touche prefque au fatal moment où mon cœur, déchiré par les endroits les plus fenfibles, va faire les frais de cette funefte expérience.

Comme ma Tante faifoit un grand fonds fur ma future érudition, elle m'exhorta à me trouver fouvent aux doctes conférences qui fe tenoient à des jours marqués, ou chez elle, ou chez quelques perfonnes de fa connoiffance, entêtées de la même manie ; elle eut foin de me faire fentir le profit que j'en pourrois tirer pour mon avancement dans les fciences, & apuïa beaucoup fur l'avantage ineftimable d'être admis dans une fociété capable de m'orner l'efprit. J'étois fi peu à moi-même que tout m'étoit devenu indifferent ; je me laiffois conduire machinalement où l'on vouloit me mener. Elle recevoit avec fatisfaction les complimens qu'on lui faisoit sur mes dispositions & ma docilité. Le Lecteur sera peut-être surpris de la découverte de mes prétendûës dispositions ; mais il me sera facile de lever tout scrupule là-dessus. Rien de si facile que d'obtenir le suffrage de cette espece de gens qui sont attaqués de la folie de viser à l'esprit. Eviter la contradiction , ne leur presenter ses objections que comme des doutes sur lesquels on est bien aise d'être éclairé , écouter leurs décisions avec modestie , les aprouver ensuite avec complaisance, les voilà disposés à vous accorder tout l'esprit imaginable , vous les avez interessés par l'endroit sensible. Il ne m'en coutoit pas beaucoup , comme on peut le voir , pour me faire regarder avec quelque estime par des gens vains & superficiels.

J'étois un jour occupé à lire en pleine assemblée une Piece de la composition de ma chere Tante & dont elle avoit bien voulu risquer de me confier le débit ; elle avoit raison ; ma prononciation ne pouvoit rien ajoûter au ridicule , lorsqu'on annonça la Baronne de *** & Mademoiselle sa fille.

Cette Baronne étoit une des plus empressées de la société à me témoigner l'admiration que nos talens naissans lui inspiroient. Soit hazard ou caprice, j'avois le bonheur d'être dans ses bonnes graces ; elle avoit daigné même me faire quelques avances d'amitié, au hazard d'estropier un peu la gravité du personnage qu'elle soûtenoit dans le monde.

La Baronne en entrant interrompit ma lecture. Voilà, dit-elle à ma Tante, Silvie que je vous amene ; elle brûloit du désir de vous voir, elle ne cesse depuis sa sortie du couvent de me presser de lui procurer cet avantage ; il doit être flatteur pour elle en entrant dans le monde, d'y pouvoir faire l'acquisition d'une amie telle que vous. Comme la présence de la Baronne m'interessoit peu, je m'étois levé machinalement, sans presque faire attention à elle. Un regard, que je jettai sur sa fille, me tira de ma distraction : elle s'avancoit dans ce moment d'un air modeste pour se prêter aux politesses de ma Tante. Ses yeux rencontrerent les miens ; j'en fus frapé comme d'un coup de foudre. Un fremissement, que je m'efforcois en vain de calmer, sembloit m'avoir privé de sentiment. Pendant qu'elle recevoit les complimens de toute l'assemblée, qui ne pouvoit se lasser de lui donner les éloges qu'elle méritoit, ébloüi de ſes charmes je demeurois dans une admiration ſtupide, qui ne me permettoit pas de prononcer un mot.

Ce ſeroit ici la place d'un portrait, je le ſens bien, & le Lecteur s'y attend ſans doute. Je voudrois que ſon eſperance pût être ſatisfaite ; mais cette entrepriſe n'eſt pas-en mon pouvoir. Je n'ai jamais été auprès d'elle aſſez maître de moi pour détailler ſes charmes. Les mouvemens tumultueux de la paſſion la plus violente confondoient toutes mes idées. Je ne voyois que pour aimer, & non pour peindre. Je ne pourrois donc la rendre ici que ſur le raport des autres, & la foibleſſe de leurs expreſſions ne pourroit donner une idée juſte de l'effet que cette vûë fit ſur mon cœur. C'eſt outrager la beauté, que de conſerver aſſez de ſang-froid, après l'avoir vûë, pour l'examiner.

J'étois toûjours dans la même ſituation, immobile, ébloüi, & ne pouvant arracher mes yeux de l'adorable Silvie. Après le cérémonial de politeſſe ſur lequel je paſſe, le ſavant Aréopage ſe remit, & l'on me pria de recommencer ce que je liſois en faveur des deux Dames qui venoient d'entrer.

J'aurois bien voulu qu'on m'eût dispensé du désagréable emploi dont il avoit plu à ma Tante de m'honorer. Jamais les piéces de sa composition ne m'avoient parû plus insipides, plus extravagantes, & plus ennuyeuses. Ne m'imaginant pas avoir jamais assez de tems pour contempler Silvie, je maudissois de bon cœur la ridicule manie qui s'oposoit à une satisfaction que je regardois comme la feule dans l'Univers digne de mon attention. Il fallut cependant me soûmettre à ma destinée. Quelque précipitation que j'employasse à m'acquitter de ma commission, je pensois n'en voir jamais la fin. On m'arrêta deux ou trois fois en me reprochant la trop grande rapidité avec laquelle je lisois ; on me faisoit répeter les endroits qu'on jugeoit les plus beaux, en me priant d'apuyer davantage pour en faire sentir toute la force.

Lorsque j'eus fini, on s'empressa de prodiguer à ma chère Tante les éloges les moins ménagés. C'est assez ordinairement la folie de toutes ces assemblées, où l'on semble n'avoir pour but que de s'instruire. La sévérité de la critique n'est réservée que pour les ouvrages étrangers. On blâme presque tout ce qui ne part pas de la société, & l'on fait vœu, lorsqu'on a le bonheur d'y être admis, de se loüer réciproquement. L'éloge fade & dégoûtant se distribûë par poids & par mesures ; on a pour cet effet des fraîes toisées, avec lesquelles on compte se joüer de la crédulité des autres d'aussi bonne foi qu'on y est trompé soi-même. C'est ainsi que l'orgüeil humain, réduit à se contenter de l'aparence au défaut de la réalité, cherche à payer en même monnoie.

Je n'avois pas conservé assez de tranquilité pour me prêter à ce ridicule manege. La présence de Silvie m'avoit interdit ; mon ame étoit en proye à un trouble dont je ne pouvois démêler la cause. Les differens attachemens qui m'avoient occupé, n'avoient aucune ressemblance avec la situation où je me trouvois. Je n'avois jusqu'alors connu, & je ne croyois pas qu'on pût reconnoître la puissance de l'amour, qu'à la violence des désirs qu'il fait naître. Ce que je ressentois m'étonnoit ; je ne distinguois aucuns désirs dans l'émotion qui m'agitoit. J'étois timide & embarrassé ; le respect & la crainte avoient pris dans mon cœur la place du penchant qui me portoit aux plaisirs. Je jettois de

tems en tems quelques regards timides
fur l'aimable Silvie. Je détournois auffi-
tôt mes yeux, comme fi j'euffe apréhen-
dé d'être furpris ; j'y revenois encore
plus promptement, j'y demeurois attaché , le défordre de mon ame ne me
laiffoit plus d'autre liberté que celle de
me livrer à toute l'impétuofité de mes
fentimens.

Que les momens s'écoulent avec rapidité, lorfque notre ame eft occupée
par quelque objet capable de la toucher
& de la remplir ! L'affemblée étoit déja difperfée, & Silvie fe préparoit à fortir avec fa mere, que je croyois à peine
l'avoir vûë un inftant. Quoique j'euffe
efperance de la revoir dans peu, je ne
pus m'empêcher de reffentir une efpece
de défefpoir en la voyant partir. Etran-
ge manie de l'amour ! Je m'étois, dans
le court efpace de tems que dura fa vifite, fi bien accoûtumé à la douceur
d'être auprès d'elle, que je ne penfois
pas qu'il me fût poffible de m'en fépa-
rer. Il fallut cependant fe réfoudre à
faire mes efforts pour me remettre un
peu du défordre dans lequel j'étois, afin
de prendre congé d'elle d'un air moins
contraint, en quoi je réüffis fort mal ; à
peine eus-je la force de prononcer en

bégueyant quelques difcours fans ordre & fans fuite : elle fortit, & me laiffa pénétré d'amour & de trifteffe.

Me voilà feul avec l'idée de Silvie ; je dis feul, car tous les objets dont j'étois entouré n'étoient rien pour moi, puifqu'ils n'avoient aucun raport avec elle. Son image charmante me fuivoit par-tout, mon cœur enchanté s'abandonnoit au feu dont il étoit dévoré. Je me retraçois jufqu'aux moindres chofes qui lui étoient échapées ; regards, foûrires, tout étoit pour moi matière à réflexion, & redoubloit mon amour ; mon imagination prêtoit de nouvelles forces au poifon flateur dont mon ame s'enyvroit. Je m'arrête long-tems fur les commencemens d'une paffion qui va bientôt décider de prefque tous les accidens de ma vie. Hélas ! ce font prefque les feuls inftans que je puiffe me rapeller avec quelque fatisfaction.

Je foûpirois ardemment après le retour de Silvie : mon impatience ne me laiffoit aucun repos. Si je n'avois craint que trop de précipitation ne décélât mon amour, je n'aurois pas manqué d'aller chez elle ; mais j'étois retenu par la timidité d'une paffion naiffante. La Baronne, dont j'avois entrevû la bonne volonté pour moi, me cauſoit quelque inquiétude. J'apréhendois ſa tendreſſe, un ſecret preſſentiment ſembloit m'annoncer des obſtacles que j'aurois peine à ſurmonter. Je pris cependant le parti de m'accommoder au tems, & de me prêter à la folie de la mere, toute rebutante qu'elle étoit, puiſque je n'avois que ce ſeul moyen de pouvoir joüir de la vûë de ſon adorable fille.

Je faiſois aſſidüment ma cour à ma Tante ; je paſſois des jours entiers à m'ennuyer chez elle, flaté de l'eſperance d'y revoir ce que je deſirois.

Huit jours, qui m'avoient paru autant de ſiecles, s'étoienr écoulés, depuis que j'avois vû Silvie pour la première fois. J'étois au dernier periode de ma conſtance, lorſque j'entendis annoncer la Baronne : je treſſaillis de joïe ; mon cœur plein d'un trouble inexprimable, & prêt à ſuccomber ſous les efforts violens que je faiſois pour calmer l'impetuoſité de ſes tranſports, ſe livroit d'avance à la douceur de joüir d'un bien ſi long-tems attendu. La Baronne entre ; mes regards avides voloient au-devant de ſa fille, que je croyois ſuivre ſa mere. Qu'on juge de mon déſeſpoir, lorſque je vis que la Baronne étoit ſeule ;

en vain je promenois mes yeux dans l'apartement, je ne voyois qu'elle; point de Silvie. Que la Baronne me parut haïssable dans ce moment! Que je lui voulus de mal de n'avoir pas pressenti mes besoins! Je lui en aurois temoigné mon chagrin, si je l'avois ôsé; mais elle avoit un tître qui la garantissoit de ma mauvaise humeur. Mere de Silvie, je sentois combien je devois la menager: cette reflexion me rendit sage; je me contraignis, je poussai même la feinte, jusqu'à lui temoigner de ces empressémens qui expriment les effets d'une politesse plus qu'ordinaire. Je voulois parlà l'engager à m'inviter d'aller chez elle, afin de pouvoir prétexter les fréquentes visites que j'avois dessein de lui rendre. Lorsque nous sommes prevenus, nous donnons facilement dans toutes les pieges que l'amour-propre nous tend. Une femme assez vaine pour se croire aimable, n'a pas de peine à se livrer à l'illusion. La Baronne, abusée par les temoignages que je lui donnois de mon respect & de mon attachement, crut effectivement que ses attraits, quoique surannés, avoient encore conservé assez de lustre malgré l'acharnement des années, pour faire impreſſion ſur moi, & ſéduire mes ſens.

Elle me reprocha ma négligence & mon oubli ; je me défendis d'un air à lui perſuader que je ne déſirois rien avec plus de ferveur que l'honneur de ſes bonnes graces. Ma Tante, qui, malgré l'eſprit dont elle ſe paroit, ne devinoit pas les motifs qui la faiſoient agir, ſe joignit à la Baronne pour me quereller de n'avoir pas ſçu profiter de l'avantage qu'elle m'offroit. Cela vous formera, Monſieur le Marquis, me diſoit-elle, & vous devez vous eſtimer heureux de pouvoir profiter des lumières que Madame a acquiſes & que l'uſage du monde a perfectionnées. C'eſt le fruit d'une longue expérience.

A ce mot de *longue expérience*, la Baronne fit une grimace qui ſembloit dire qu'elle étoit peu flattée des éloges que ma chere Tante prodiguoit ſi cordialement à ſes connoiſſances. Elle ſe redreſſoit en minaudant d'une manière ſi groteſque, que j'avois peine à m'empêcher d'en rire. Effectivement, reprit-elle, en radouciſſant des yeux charnus & ſillonnés, je me ſuis fait une habitude dès l'âge de dix ans, que dis-je, dès la plus tendre enfance, de raiſonner ſur

tous les differens objets qui se presen-
toient, & frapoient mon petit esprit ; je
hazardois mes réflexions, cela me donnoit dès la première jeunesse un air sérieux & recuëilli qu'on m'a souvent re-
proché. Comme je vis que la Baronne
étoit dans le goût de raprocher les tems,
& que j'étois résolu, à quelque prix
que ce fût, de me mettre bien dans son
esprit, je lui fis, sans scrupule, un
compliment estropié sur le peu de distance qu'il y avoit du tems dont elle parloit à celui où noûs étions. Je lus sur
son visage tout le plaisir qu'elle ressentoit de ce que je voulois bien ne pas la
chicanner sur les dâtes. Son air satisfait
m'assûra de toute sa gratitude ; je vis
qu'il ne tiendroit qu'à moi d'être du dernier bien avec elle. Elle exigea de moi
une promesse positive de la voir dès le
lendemain. Elle sortit enchantée des
choses obligeantes que je lui avois dites.

Je fus exact à tenir ma parole ; je ne
manquai pas de voler le lendemain chez
la Baronne. Je ne puis exprimer le mouvement que je ressentis en entrant chez
elle. Quelle joie pour moi de me trouver dans la maison qu'habitoit ma chere
Silvie. Sa mere ne doutant point de ma
ponctualité, m'attendoit sous les ar-

mes

mes., c'eſt-à-dire, parée de la manière la plus ridicule que ſa folie lui pût ſugge-rer.

Qu'on ſe repreſente une petite figure courte & ramaſſée, preſque enſevelie ſous un habillement couleur de roſe relevé des agrémens les plus galans : la tête répondoit à merveille au reſte de cet ajuſtement; un viſage fanné & preſ-que tout pliſſé offroit, malgré la triple couche du vernis le plus fort dont il étoit enduit, un tein couperoſé qui perçoit à travers la falſification, ſous la-quelle on avoit prétendu en dérober le délâbrement aux regards des curieux : il n'y avoit de paſſable que des dents aſſez blanches, & qu'on pouvoit juger avoir été faites depuis peu, & un tour de cheveux d'un noir foncé, deſtiné ſans doute à rendre les attraits plus pi-quans. Ce chef-d'œuvre étoit emboîté dans une garniture chargée de pluſieurs touffes de rubans de la même couleur que l'habit. Voilà l'aimable objet dont le hazard m'avoit procuré la conquête.

On me fit l'accüeil le plus obligeant; je fus reçû comme quelqu'un dont la préſence étoit ſouhaittée. La Baronne, qui s'étoit chargée du ſoin de m'inſtrui-re & de me perfectionner, me traita en

II. Partie.   D

éleve qu'on ne veut pas effaroucher, &
dont on veut s'attirer la confiance. Pour
commencer à me familiarifer avec fes
leçons , elle s'efforça de defcendre de
la gravité de fon caractère ; je fus étonné de lui voir dépofer fon air de favante
& prendre un ton enfantin , qui, com-
paré avec fon ajuftement & fa figure ,
formoit un contrafte auffi merveilleux
que fingulier.

Ce que je venois chercher ne paroiffoit pas ; Silvie , releguée dans fa
chambre , vis-à-vis d'un clavecin, attendoit fon Maître de mufique. Je m'i-
maginois à tout moment qu'elle alloit
paroître ; cela me donnoit un air inquiet
& diftrait, dont la Baronne paroiffoit
affez fatisfaite , l'attribuant fans doute
au pouvoir de fes charmes, Comme je
tremblois qu'elle ne devinât mon inclination pour fa fille , j'affectai de lui
en demander des nouvelles d'un air dé-
gagé & comme par hazard. Elle me répondit legèrement, & changea de converfation ; je n'eus garde d'infifter. Tout
l'efprit qu'elle avoit ou qu'elle croyoit
avoir fut déployé, fcience , belles-
Lettres , vers , tout fut examiné , &
aprécié. J'écoutois toûjours & j'aplau-
diffois de tems en tems ; cela redoubla

fon babil. Mais, Marquis, me dit-elle, je fuis contente de vous, oüi, très-contente. Vous me faites concevoir les idées du monde les plus avantageufes de votre difcernement & de votre efprit. Il ne vous manque prefque rien, & je ne vous donne pas fix mois pour avoir ce qu'on apelle dans le monde le ton de la bonne compagnie.

Comme je n'avois rien de mieux à faire, je la priai de me donner une dé-finition de ce ton dont on parle tant, & qu'on connoît fi peu. Je réferve ce détail ridicule pour un autre tems. Sil-vie, qui arrive dans l'apartement de fa mere, enleve toute mon attention. Je la falüai en tremblant, je cherchois à lire mon fort dans fes yeux. Je rencon-trai fes regards, & je crûs apercevoir un certain trouble dont mon amour tira un favorable augure. Quelque douceur que j'éprouvaffe à me trouver auprès de ce que j'aimois, je ne laiffois pas d'être dans une fituation affez embaraf-fante. Trop d'attention pour l'objet que j'adorois auroit pû me perdre dans l'ef-prit de la Baronne, en l'éclairant fur mes fentimens. D'un autre côté auffi je brûlois du défir de faire connoître à Silvie la flamme dont j'étois pénetré. Je

paſſai quelque tems dans cette perplexí-
té, juſqu'à ce que la compagnie deve-
nuë plus nombreuſe, j'obtins quelque
relâche ; j'eus la liberté de conſiderer
Silvie, & de m'enflammer encore davantage.

Je rendis le ſoir compte à ma Tante
de ma viſite, elle me conſeilla de continuer, je ne demandois pas mieux.
J'allois preſque tous les jours chez Silvie : ſa mere, qui ſembloit prendre du
goût pour moi de plus en plus, faiſoit
tous ſes efforts pour paroître aimable à
mes yeux : je répondois à ſes avances
en homme reconnoiſſant, & qui veut
ſe rendre digne des bontés qu'on a pour
lui.

J'avois juſques-là ſujet d'être content
de mon ſort. Quoique je n'euſſe point
encore trouvé l'occaſion de faire connoître mon amour à Silvie, je croyois
cependant qu'elle avoit deviné le motif
de mes frequentes viſites ; quelques regards à la dérobée, des ſoûpirs échapés,
mes aſſiduités dont ſa mere ne pouvoit
tout au plus être que le prétexte, pour
quelqu'un de raiſonnable, avoient dû
l'inſtruire ; je crûs même, à travers la
contrainte que ſa pudeur lui inſpiroit,
avoir quelque lieu d'eſperer.

J'étois dans cette heureuse situation, lorsque la Baronne, qui s'ennuyoit sans doute des trop longs préliminaires d'une liaison qu'elle vouloit rendre plus intime, prit la résolution de faire expliquer mon cœur, & de soulager la timidité par laquelle elle le croyoit retenu, en me laissant entrevoir une partie des favorables dispositions du sien.

Quoique j'eusse quelque soupçon du prix qu'elle vouloit mettre aux soins qu'elle donnoit à mon instruction, je ne m'imaginois pas que le terme de m'en acquitter fût si proche; j'esperois toûjours pouvoir gâgner du tems, & joüir par ce moyen de la vûë de Silvie; mais la Baronne, à qui les momens étoient chers, & qui avoit apris par une longue expérience, & peut-être par plusieurs éducations semblables à la mienne, que ces sortes de dettes se devoient payer comptant, tarda peu à mettre son projet en exécution. Je fus un jour surpris, en me rendant chez elle de meilleure heure qu'à l'ordinaire, de trouver un redoublement de parûre qui me paroissoit étudié pour quelque grand dessein. Après avoir parlé d'ouvrages d'esprit, elle tourna insensiblement la conversation sur le cœur; elle en parloit d'un ton affectueux, qui m'aprenoit affez que ce fujet ne lui étoit pas indifferent. Je ne pouvois m'empêcher de rire intérieurement des graces enfantines dont elle effayoit de nüancer fes attraits. Elle s'efforçoit d'ajufter fa taille demie-courbe, & de la rendre parallelle à un bufc dont elle l'avoit étayée. Ses mains occupées de tems en tems à redreffer les plis d'un tour de gorge qui n'alloit jamais à fa fantaifie, laiffoient par intervalles entrevoir des beautés dont fans doute elle vouloit tenter d'irriter mes défirs.

L'entretien rouloit toûjours fur le cœur dont elle vouloit, difoit-elle, me faire fentir les opérations. Comme je ne partageois pas fes idées, & que je n'entrois pour rien dans l'intérêt qu'elle y prenoit, je l'écoutois affez nonchalamment, & fans l'interrompre que par quelques mono-fyllabes que le hazard me faifoit prononcer, & que j'articulois feulement pour ne pas lui faire apercevoir qu'elle étoit feule. Je tremblois de m'engager dans une converfation dont je ne prévoyois pas pouvoir fortir à mon honneur. Nous n'étions que nous deux dans l'apartement. La Baronne s'exprimoit avec une vivacité qui commençoit à m'allarmer. Je cherchois vainement quelque faux-fuyant pour échaper au danger qui me menaçoit; mon imagination, refroidie par la crainte que m'infpiroient fes deffeins & fa préfence, ne me préfentoit aucun expédient pour fortir d'embarras.

Il ne fuffit pas, me difoit la Baronne, d'avoir un efprit orné ; les lumières que nous acquerons en le cultivant, font deftinées à quelque ufage, il n'apartient pas à l'efprit d'en regler l'emploi ; le cœur, feul capable d'y mettre le prix, eft auffi le feul qui puiffe en diriger les fonctions. L'efprit ébauché, le cœur perfectionné, c'eft le feu du fentiment qui donne la vie à toutes nos actions ; fans lui toutes nos connoiffances nous deviendroient inutiles.

A mefure que la Baronne s'efforçoit de me rechauffer par fa morale, je fentois que je déperiffois à vûë d'œil. J'étois effraïé de la conjoncture épineufe dans laquelle je me trouvois. Elle continuoit toûjours cependant de faire l'aplication des maximes qu'elle venoit d'établir. Le fentiment, pourfuivoitelle, eft le fceau de nos perfections & ce qui le caractèrife. C'eft par le commerce des femmes qu'il s'acquiert & fe polit. Quand je dis des femmes, je ne dis pas toutes en general; j'entends seulement des femmes raisonnables, & que l'usage du monde a manièrées. Un homme, qui aspire à la qualité d'honnête homme & fait pour les douceurs de la societé, doit donc aller puiser à la source un bien aussi précieux que le sentiment, en formant quelque attachement capable d'achever en lui ce que les meilleures dispositions ne font que tracer. Comme vous êtes encore jeune, mon cher Marquis, vous avez besoin de quelqu'un qui vous guide dans un choix aussi important, tout depend de-là. Rien n'est si pernicieux pour ce choix, que d'en croire uniquement le raport des sens. Il faut quelque chose de plus que les agrémens exterieurs d'une figure aimable. Craignez de vous laisser séduire par des dehors trompeurs. Un beau visage plaît, mais c'est une fleure bientôt passée, lorsque rien ne l'accompagne, & c'est presque ordinairement l'unique agrément de la première jeunesse; car, ne parlant même que des choses qui tombent sous les sens, il est des beautés qui ne s'acquerent qu'avec l'âge. Une femme un peu faite n'en est souvent que plus touchante. Moi, par exemple, j'avois quelque éclat dans mon enfance, on m'a dit même que j'étois extrêmement piquante ; cet âge commence à se passer, je ne m'en plains pas cependant, j'en ai été dedommagée de façon à ne devoir point regretter un si frivole avantage. J'ai gâgné du côté de l'embonpoint plus que je n'avois perdu du côté de la délicatesse & de la mignardise des traits. Vous ne sauriez croire. . . . . je serois presque tentée de vous en faire juge. Moi, Madame, repris-je avec une espece de saisissement, en verité vous n'y pensez pas. Effectivement, dit-elle en raprochant ses levres, & me regardant d'un air minaudier & mistèrieux qui me faisoit trembler pour les suites, je ne songeois pas au peril auquel je vous exposerois. Que sait-on ce qui pourroit arriver, si je hazardois de vous mettre à une épreuve aussi chatoüilleuse. A votre âge on est si vif & si fou, la fougue du temperamment laisse si peu d'empire à la raison. . . . .

Si cependant vous vouliez être sage. . . . . Mais non. . . . . Vous vous émanciperiez. Oh bien ! Promettez-moi d'être réservé ; vous sentez-vous capable d'user de retenuë ? Rassûrez-moi, je vous prie. Eh ! Madame, lui dis-je en beguayant, difpenfez-moi, je vous conjure. . . . . . je vous crois de trop bonne foi. . . . . La confternation dans laquelle j'étois abîmé ne me permit pas d'achever. J'étois aneantis, & je friffonnois de la feule idée des beautés qu'on vouloit foûmettre à la décifion de la délicateffe de mon tact.

La preffante Baronne, qui, malgré ma refiftance, s'étoit emparée de ma main, ne lâchoit pas fa proïe, & victorieufe de mes efforts fe preparoit à l'approcher des charmes dont elle venoit de me vanter la fenfation delicieufe. Songez à être fage, Monfieur le Marquis, me difoit-elle d'une voix émuë, je vous donne une preuve de confiance qu'il faut meriter par votre difcretion. Pour moi, j'avois perdu l'ufage de la parole: à peine mes yeux obfcurcis pouvoientils diftinguer le vifage enflammé de la Baronne, dont les regards pleins de feu me prefageoient mon infortune. Ma main tremblante, conduite par la fienne, fuivoit à l'avanture la route voluptueufe qui lui étoit indiquée; une süeur froide s'empara de moi; je me fentis tout-à-coup glacé, privé de fentiment, & m'abandonnant en aveugle à ma deftinée, dejà je touchois prefque au terme fatal de ma malheureuse entreprise, qui ne pouvoit finir que par une catastrophe pitoyable, lorsque Silvie entrant tout-à-coup dans la chambre où je joüois un si triste rôle, nous surprit dans l'attitude du monde la plus comique & la plus divertissante dont puisse s'égayer des yeux desinteressés.

La Baronne, contrainte de lâcher prise, fremit de honte & de colère à la vûë de sa fille, qui venoit si mal à propos l'interrompre dans l'endroit le plus interessant; elle la regarda avec des yeux où le depit étoit peint. D'où venez-vous, Mademoiselle, lui dit-elle d'un ton aigre ? Vous ne pouvez demeurer dans votre chambre : est-ce que votre Maître de Musique n'est pas encore venu ? Il ne doit pas venir aujourd'hui, Madame, reprit l'aimable Silvie en rougissant ; je croïois pouvoir descendre auprès de vous sans vous deplaire ; mais à ce que je vois, vous voulez être seule, Madame, je me retire. Demeurez, demeurez, Mademoiselle, s'écria la Baronne d'une voix encore plus glapissante. Mais voyez un peu l'étourderie ! *Je voulois être seule. . . . .* Est-ce que je suis seule étant avec Monsieur ? Et lorsque j'ai quelqu'un chez moi, tout le monde n'a-t'il pas la liberté d'y entrer? Je vous trouve d'une impertinence, vous avez des manières & un ton ridicule qui me deplaifent furieufement ; vous avez mauvaife grace à tout. Affeyez-vous, Mademoifelle, & ne recidivez pas par de mauvaifes reponfes. Silvie mortifiée, & n'ôfant lever les yeux, obeït fans repliquer. Sa Mere prit enfuite un livre qu'elle avoit mis près d'elle, à deffein de pouvoir rectifier fa contenance en cas qu'on vînt troubler notre galant tête-à-tête, ne s'attendant pas fans doute à une interruption auffi fubite. Elle me fit des obfervations fur quelques endroits de ce livre ; mais je m'aperçus aifement que fon efprit n'étoit pas dans fon affiete ordinaire, & que la furprife, jointe à l'émotion que lui avoit caufé l'entretien, avoit mis de la confufion dans fes idées.

Elle ne pouvoit revenir du defordre dans lequel elle étoit ; pour moi, j'étois encore plus embarraffé qu'elle. Je fouffrois cruellement du chagrin que fes duretés avoient caufé à Silvie; j'étois d'ailleurs defefperé de la fituation ridicule dans laquelle j'avois été trouvé. Qu'en penfera Silvie? Je faifois les reflexions les plus chagrinantes fur cet incident.

Je

Je surpris un regard de Silvie, ses yeux me parurent moüillés de quelques larmes. J'en fus penetré, les miens lui exprimerent toute la douleur que j'en ressentois. Elle baissa la vûë aussitôt, & je ne pus la rencontrer le reste de la journée. Je rentrai le soir dechiré par les differens mouvemens qu'occasionnoient dans mon ame l'amour, la tristesse & la honte.

Quoique je brûlasse du desir de revoir Silvie, je n'ôsois plus retourner chez sa Mere, dans la crainte de m'exposer encore à quelque scène extravagante. J'affectai de n'y plus aller que lorsque ma Tante lui rendroit visite, afin d'avoir quelque temoin qui pût me défendre des entreprises de la Baronne, qui me causoient une fraïeur mortelle. Ell s'aperçut du soin que je prenois de l'éviter, elle m'en fit quelques reproches auxquels je repondis assez mal. Comme elle s'étoit flatée sans doute de l'estime qu'elle comptoit que j'avois pour le bonheur qu'elle avoit daigné me prodiguer, le peu de cas que j'en faisois la mortifia, & lui causa une confusion à laquelle je feignis de ne pas prendre garde.

J'épiai vainement pendant plus d'un

mois l'occaſion de parler à Silvie ſans pouvoir y parvenir. Elle affectoit autant de ſoin de m'éviter que j'en prenois pour me ſouſtraire aux empreſſemens de ſa Mere. Un air de langueur repandu ſur ſon viſage me deſeſperoit, lorſque je la voyois; elle paroiſſoit toûjours triſte & abatuë. J'avois écris pluſieurs lettres, dans l'eſperance de trouver l'occaſion de les lui remettre. J'avois même tenté de lui en faire prendre une un jour que je lui donnois la main; mais elle m'avoit regardé dans ce moment d'un air capable de réprimer ma hardieſſe. Je n'avois depuis ôſé riſquer une ſeconde entrepriſe dans la crainte d'être aperçu par ſa mere, dont les yeux étoient toûjours ouverts ſur mes démarches.

Enfin je déſeſpérois d'y réüſir, lorſque l'amour, qui ne me donnoit aucun repos, me ſuggéra le deſſein de gliſſer ma lettre dans ſon pannier à ouvrage, au hazard de la perdre. Voici ce que je lui écrivis.

Mes ſoûpirs, mon embarras, ma timidité, mon reſpect, tout vous aprend aſſez que je vous adore. Je ne demande pas que touchée de la paſſion la plus vive

& la plus respectueuse, vous répondiez à une tendresse que vous désaprouvez : hélas ! je suis bien éloigné de me flatter de vous rendre sensible, mais du moins , cruelle Silvie, modérez l'excès de rigueur dont vous m'accablés. Pourquoi vous faire un plaisir funeste d'éviter jusqu'aux regards les plus innocens ? Que n'y pouvez-vous voir tout l'amour que vous m'avez inspiré ? Puisque je suis assez malheureux pour mériter votre haine , daignez du moins vous donner la barbare satisfaction de lire dans mes yeux une partie des tourmens dont mon cœur gémit. Craignez-vous d'en être touchée ? Ah ! ne redoutez pas d'être séduite par la pitié, votre insensibilité ne vous assûre-t-elle pas de votre triomphe & de mon désespoir ?

Jamais tems ne m'avoit paru si long que celui que je passai dans l'attente de l'évenement de ma lettre ; je craignois également qu'elle ne fût égarée , ou que Silvie l'ayant trouvée , ne fût irritée contre moi. Je la revis chez ma Tante quelques jours après. Je cherchois en tremblant à lire mon sort dans ses yeux. Elle me parut embarrassée de ma présence. L'affectation avec laquelle elle

évitoit mes regards, m'allarma. La journée se passa dans cette cruelle incertitude. J'étois désésperé de n'avoir pû
me rassûrer, ne pouvant me flater de la
revoir si-tôt, & toûjours gêné par des
témoins importuns. Comme elle étoit
sur le point de sortir, je sentis renaître
quelque esperance. La Baronne invita
ma Tante à venir voir une Maison de
Campagne à quelques lieües de Paris,
dont on vouloit lui faire faire l'acquisition. Le Comte de *** qui entra dans
le moment, fut mis de la partie, ainsi
que moi. Quel plaisir pour un cœur aussi épris que le mien de passer une journée entière avec Silvie ! Outre la douceur d'être auprès d'elle, j'esperois pouvoir trouver quelque occasion favorable à la déclaration que j'étois résolus
de lui faire.

Que le jour tardoit à mon impatience ! je roulai toute la nuit mille projets
dans ma tête. Je composai dans mon
imagination plus de vingt déclarations
d'amour sans qu'aucune pût me satis-
faire, on exprime ordinairement mal,
ce qu'on sent trop bien. Enfin le jour
parut, je me levai avec précipitation.
Nous ne devions partir que sur les dix
heures, & j'étois préparé avant sept

heures. Ma Tante me fit la guerre fur ma diligence , je fus le premier à en plaifanter. Je ne me fentois pas de joïe. Enfin nous voilà partis.

Nous defcendîmes à cette Maifon: on avoit eû foin de faire porter des provifions pour le dîner : en attendant qu'on le préparât nous examinâmes une partie des apartemens. On fe mit à table , Silvie me parut plus gaïe qu'à l'ordinaire , ce qui redoubla ma bonne humeur. La Baronne , qui n'avoit pas encore tout-à-fait renoncé à fes efperances , & qui tiroit fans doute un favorable augure de mon enjoüement , me regardoit avec un air de fatisfaction qui lui infpiroit toute la certitude où elle étoit d'amener mon cœur|à|bien.

Lorfque nous eûmes diné , on fe remit à faire la vifite de la Maifon. Nous allâmes enfuite nous promener dans le jardin , laiffant la Baronne occupée à parler à des Architectes qu'elle avoit fait venir pour les confulter. Le Comte de *** mon Oncle conduifoit ma Tante, & moi je donnois la main à Silvie. Nous arrivâmes à un petit bois qui étoit au bout du jardin J'étois fi rempli de mon amour , & j'apréhendois tant d'offenfer Silvie , que je n'avois pas

encore pû prendre affez fur moi-même
pour lui parler. Comme nous marchions
avec affez de diftraction, nous étions
dejà fort avant dans une des allées du
bois, que Silvie ne s'étoit pas encore
aperçu que mon Oncle & ma Tante
avoient pris une autre allée. Elle rom-
pit alors le filence. Mais où eft donc
Madame la Comteffe, dit-elle, nous
nous égarons. Je revins de ma rêverie;
je la regardai dans ce moment. Quelle
me parut belle! Ils nous fuivent, Mademoifelle, repris-je, d'une voix tremblante. Je fentois tout le prix de l'occafion qui m'étoit offerte; mais j'étois retenu par une timidité dont je ne pouvois
me defaire; je faifois mes efforts pour
la furmonter, lorfque j'étois prêt de
remporter la victoire, un regard de Silvie me confondoit. Je vous affûre, pour-
fuivit-elle, avec inquiétude, que nous
les avons perdus, retournons fur nos
pas. Elle fe préparoit effectivement à
reprendre le chemin de la Maifon : je
ne fus pas maître d'un petit mouvement
que je fis pour la retenir. Je balançois
encore entre l'intérêt de mon amour &
la crainte de lui déplaire. Je veux abfolument retourner, me dit-elle, ne me
retenez pas davantage.

La réflexion que je fis dans cet inftant que j'étois fur le point de laiffer
échaper une occafion qui ne fe trouve-
roit peut-être jamais, me détermina tout
d'un coup. Arrêtez, aimable Silvie, lui
dis-je, craignez-vous de m'entendre dire que je vous adore? Hélas! ne m'en-
viez pas cette douceur, mon cœur la
paye affez cher pour en pouvoir au
moins joüir une feule fois. Vous me
refufez jufqu'aux moindres graces, ne
me privez pas du moins des faveurs du
hazard, que je ne ferai jamais affez for-
tuné pour voir confirmer par votre aveu.
Je prononçai ce peu de paroles avec
une rapidité extraordinaire; je reffen-
tois une émotion qui me mettoit hors
de moi-même, les termes me manquerent
pour exprimer les mouvemens dont mon
ame étoit agitée.

Silvie interdite & tremblante s'étoit
arrêtée, elle paroiffoit effrayée, nous
fûmes quelque tems à nous confiderer
fans parler, elle effaya cependant de fe
remettre un peu. Les difcours que vous
tenez, Monfieur, me dit-elle d'une
voix mal-afsûrée, font nouveaux pour
moi; on ne m'a point élevée à les entendre, j'ignore la reponfe qu'ils méri-
tent; mais finiffons une converfation

qui me gêne, & laissez-moi retourner auprès de Madame votre Tante. Je suis bien malheureux, repris-je, de mériter votre haine, l'amour que vous m'inspirez, charmante Silvie, est-il donc un crime impardonnable? N'abusez pas davantage, interrompit-elle, de la circonstance où nous sommes, pour m'offenser, je frémis du danger où vous m'exposez, si vous avez quelque consideration pour moi, ne me parlez jamais de choses que je ne veux ni ne dois écouter. En prononçant ces paroles, elle chercha à dégager une de ses mains que je tenois. Vous voulez donc me désesperer, cruelle Silvie, m'écriai-je avec transport en me jettant à ses genoux, votre rigueur m'interdit jusqu'à la triste satisfaction de vous faire connoître un amour qui va me rendre le plus infortuné des hommes. Ciel! reprit-elle vivement, relevez-vous, Monsieur, vous me faites trembler. Non, répondis je, je ne me releverai pas, laissez-moi expier mon crime à vos pieds: si c'est vous offenser que d'avoir pour vous les sentimens les plus tendres & les plus respectueux, l'état où vous me reduisez vous vange assez, c'est de tous les suplices le plus cruel que votre haine puisse mettre en usage.

Le ton pénétré dont j'exprimois mon amour, & ma douleur parurent l'atendrir. Elle prit un air rêveur & distrait ; je la vis incertaine du parti qu'elle prendroit. J'étois toûjours cependant dans la même situation, je ne songeois point à me relever, les yeux immobiles attachés sur Silvie ; les siens me parurent humides, j'en conçus un heureux présage. Vous pleurez, adorable Silvie, lui dis-je : seroit-ce à la pitié que je devrois des larmes aussi précieuses que les votres ? Vous laisseriez-vous flechir ? Ah ! de grace, que votre bouche daigne me le confirmer. Relevez-vous donc, Monsieur, me dit-elle, je ne puis sans rougir vous souffrir dans la posture où vous êtes. Afsûrez-moi donc, repris-je, que vous ne me haïssez pas. Non, je ne vous hais pas, repondit-elle ; peu faite au commerce du monde, j'ignore l'art de déguiser mes sentimens. Non, Monsieur, je ne vous hais pas, que ne puis-je. . . . . . Ah ! remettez-vous, je suis perduë, voilà ma Mere.

Je détournai la tête en ce moment, & j'aperçus la Baronne à vingt pas du lieu où nous étions ; elle s'avançoit vers nous avec précipitation ; je me remis promptement. Je ne doutai pas qu'elle ne m'eût aperçu aux genoux de sa Fille. Les intentions que je lui connoissois m'en firent sentir toute la consequence. Ce n'étoit pas le hazard qui l'avoit amené dans le jardin, elle m'avoit vû entrer dans le bois avec sa Fille, quoiqu'elle n'eût aucun soupçon de mon amour, son inquiétude la fit descendre, elle ne nous chercha pas long-tems sans nous trouver. Surpris d'une vision si peu attenduë, je demeurai pétrifié. Silvie étonnée & confuse n'ôsoit lever les yeux ; dans l'étonnement où nous étions, sans ôser avancer ni reculer, nous attendions en silence que la Baronne s'aprochât de nous.

Dès qu'elle nous eut joint, elle regarda sa Fille avec fureur. Que faites-vous ici seule ? Mademoiselle, lui dit-elle aigrement, apparemment que vous aviez des choses à entendre de Monsieur, dont vous ne desirez pas l'approbation des autres ? Silvie n'avoit pas la force de repliquer. Madame, lui dis-je, nous cherchions la Compagnie, & je condui-sois Mademoiselle pour. . . . . Je vous entends, Monsieur, interrompit-elle, je devine assez vos sentimens parce que j'ai vû. Vous avez des idées fur léfquelles apparemment vous ne vous flatez pas d'obtenir mon aveu ; fuivez-moi, Mademoifelle, en s'adreffant à fa Fille, & vous, Monfieur, je vous laiffe, vous pouvez continuer une promenade que je n'aurois pas interrompuë, fans l'interêt que vous jugez bien que j'y dois prendre.

A ces mots Silvie les yeux baiffés fuivit triftement fa Mere, je marchois fur leurs pas d'un peu loin, j'entendois la Baronne qui la grondoit vivement. Après avoir fait quelques tours dans le bois, nous rejoignîmes ma Tante & le Comte de * * * fon Mari, j'étois extrêmement embaraffé de ma contenance. Nous revînmes à Paris, je quittai Silvie avec une trifteffe & une inquietude qui ne fe trouverent par la fuite que trop bien fondées.

J'apris, quelques jours après, que fa Mere l'avoit fait retourner au Couvent. Ce fut le Comte de *** mon Oncle qui m'annonça cette nouvelle comme une chofe indifferente. Je ne fus pas maître de cacher la douleur qu'elle me caufoit. Il s'apperçut aifément de mon trouble. Qu'avez-vous, mon cher Neveu, me dit-il ? Il femble que la retraite de Silvie vous intereſſe ſenſiblement. L'aimiez-vous ? avoüez-le naturellement. J'au-rois en vain diſſimulé au Comte mes ſentimens pour Silvie ; mon abattement & mon embarras ne lui laiſſoient aucun doute à éclaircir ſur cet article. Je ne feignis donc point de lui ouvrir mon cœur. Lorſque je lui eus raconté ce qui s'étoit paſſé, je te plains beaucoup, me dit-il, mon cher Marquis, Silvie eſt charmante, un attachement pour une perſonne comme elle ne peut que faire honneur à la juſteſſe de ton goût, mais ſa Mere eſt une extravagante à laquelle je ne prévois pas qu'il ſoit facile de fai-re entendre raiſon. D'ailleurs par ce que tu m'as dit, elle t'aime ; cela forme encore un obſtacle. Qu'y faire ? il faut ſe faire une vertu de la néceſſité. Le tems pourra changer les choſes. Vois la Barrone, & tâches de regâgner ſa confiance.

Je ſuivis le conſeil du Comte, mal-gré ma repugnance, je fis mille politeſ-ſes à la Baronne. J'affectai un air aiſé & libre que mon cœur démentoit : elle reçut dabord mes avances avec aſſez de froideur, en femme piquée ; mais l'in-clination qu'elle avoit pour moi, diſſipa inſenſiblement ces nüages de mauvaiſe

humeur,

humeur, son visage se rassûra par dégrés. Je fus la voir, elle me reçut assez
bien; je redoublai mes empressemens,
elle parut sensible aux soins que je prenois d'effacer les impressions desagréa-
bles que je lui avois données.

Comme son cœur m'avoit accordé
ma grace, elle ne tarda pas à se ména-
ger un tête-à-tête avec moi. J'eus avec
elle un entretien fort long, où je lui fis
entendre que j'étois dans la résolution
de profiter de ses leçons. Je lui insinuai
que je ne trouvois rien de plus flateur
qu'un attachement pareil à celui dont
elle m'avoit laissé entrevoir les charmes. La vieille Baronne ne pouvoit
contenir la joïe qu'elle ressentoit de me
trouver si raisonnable. Je ne me lasse
point, me disoit-elle, mon cher Marquis, d'être touchée de vous trouver si
sensé. C'est penser comme il faut de
bonne heure. C'est à vous, Madame,
repris-je, que j'en ai l'obligation. Quelle plus grande douceur en effet que celle d'être attaché à une femme dont l'esprit mûr connoit toutes les délicatesses
& les rafinemens d'une passion bien mé-
nagée! Il est vrai qu'avec les personnes
solides & formées dont je vous parle,
les progrès sont plus lents: on débute

II. Partie.   F

preſque toûjours par les faveurs avec une femme ſans expérience , l'amour languit bientôt faute de ce ſel , de ce piquant qui l'anime. Une femme qui a de l'uſage , conduit un cœur par dégrés , on n'obtient pas de graces qu'on ne les ait meritées. En diſant cela je ſentois bien que je reculois l'effet des bontés de la Baronne, J'étois bien aiſe de réfrener ſes deſirs, dont l'impatience m'auroit inquiété , en lui faiſant naître l'envie de mériter mon eſtime. Je voulois que cette envie tînt la place de la retenuë qui lui manquoit. Cela me ſit appuyer ſur le peu de cas que je faiſois de ces femmes avec leſquelles on ne peut ſe faire un merite d'être bien, & qui préviennent par des bienfaits précoces les ſervices dont on doit acheter leurs bontés.

La Baronne , quoique peu ſatisfaite de la morale que je débitois, ſe contraignit cependant, & parut l'aprouver pour ſe conformer aux ſentimens dans leſquels elle me voyoit. Pour l'entretenir dans ces bonnes diſpoſitions , je mis alors un genoüil en terre , & lui déclamai une longue & ennuyeuſe déclaration d'amour ſur le ton des héros de Scudery. Je ſis ſonner bien haut ſes grands termes de flamme épurée & de sentimens respectueux. La Baronne, flatée de se voir adorée si héroïquement, prit avec moi l'air & l'accent d'une Mandane. Nous voilà embarqués, & voguans à pleines voiles sur le tendre & le doucereux. Plus d'épreuves chatoüilleuses, la réserve la plus austère régloit nos chastes feux. Une pudeur postiche vient relever le décent galimathias de nos majestueuses conversations. Je rassûrai la Baronne sur l'inquiétude qu'elle me témoignoit de la situation où elle m'avoit trouvé vis-à-vis de sa Fille, en lui faisant entendre que si j'avois paru lui rendre quelques soins, ce n'avoit été qu'une feinte pour mieux cacher le mistère de nos amours, & rendre impénétrable aux regards des curieux la passion sincère & constante qui m'entraînoit à ses charmes. Rendez-vous plus de justice, Madame, lui dis-je, pourquoi faut-il que vous soyez la seule qui puisse ignorer ce qu'on ressent de flammes après vous avoir vûë? Silvie est aimable, j'en conviens, elle a bien quelque chose de vos graces & de vos attraits; mais il y a une difference si prodigieuse entr'elle & vous, qu'il faudroit avoir perdu l'esprit pour s'y méprendre.

Quelque groſſier que fût cet artifice, j'avois, pour le faire paſſer, le ſecours de la vanité & de l'amour ; il n'en faut pas tant pour nous faire donner aveuglement dans les pieges les plus ridicules & les plus mal préparés. La Baronne enchantée de mes diſcours ſe perſuada facilement qu'elle m'avoit inſpirée une grande paſſion. Cette idée la rafermit contre les craintes que lui devoient cauſer les charmes de ſa Fille, elle parla même de la faire revenir du Couvent. Je n'ôſai l'en preſſer trop vivement, dans l'apréhenſion de renouveller ſes allarmes. Enfin la captivité de Silvie alloit ceſſer, & j'étois prêt de joüir de ſa vûë, lorſqu'un accident cauſé par ma trop grande précipitation & mon imprudence, fit avorter le projet que j'avois juſques-là ſi bien ménagé.

Il y avoit près de quinze jours que je n'avois vû Silvie, je ſouffrois cruellement d'une ſi longue abſence. Quoique je viſſe la Barone diſpoſée à la faire revenir inceſſamment, je n'en étois pas plus tranquile. L'incertitude du jour où je pourrois joüir d'un bonheur qu'il ne tenoit qu'à elle de differer, m'inquiétoit. Il pouvoit ſurvenir des obſtacles capables de le reculer encore. Tout me faifoit ombrage. La Baronne pouvoit enfin ouvrir les yeux fur fon ridicule entêtement; je pouvois me trahir moi-même: que de raifons de m'allarmer! Dans une agitation fi vive, & que mon impatience naturelle redoubloit encore, je foûpirois fans ceffe après ce moment tant defiré, que n'aurois-je pas facrifié pour en hâter les aproches! A force de donner la torture à mon imagination, je m'avifai d'un expédient pour précipiter l'inftant de mon bonheur, qui opéra précifément le contraire, en fcellant ma difgrace avec la Baronne.

Je formai le deffein de prendre des habits de femme & d'aller en cet équipage demander à parler à Silvie, fous le titre d'une femme apartenante à fa Mere. Lorfque j'eus conçu cette merveilleufe invention, je treffaillis de joïe, je ne pouvois me laffer d'aplaudir la fertilité de mon génie, l'exécution m'en parut fimple & aifée, & je n'en différai l'effai qu'au lendemain.

J'allai chez une coëffeufe de la connoiffance de quelques jeunes gens de l'Académie, d'où j'envoyai chercher tout ce qui m'étoit néceffaire pour me traveftir. Lorfque mes préparatifs furent achevés, je montai dans un caroffe de loüage dont j'eus foin de relever les portières. J'arrive à la porte du Couvent, je me décline à une Sœur Tourrière qui me fit entrer dans un Parloir en me difant que Silvie alloit defcendre dans le moment. J'étois agité d'une émotion extraordinaire. Je me promenois dans le Parloir, occupé du plaifir dont mon amour alloit s'enyvrer.

Silvie parut enfin, elle avoit l'air trifte & abatu; j'en fus fenfiblement touché; je ne pouvois attribuer la caufe de fa retraite qu'à mon étourderie, elle parcourut des yeux l'endroit où j'étois, en cherchant la perfonne qui vouloit lui parler, mon déguifement l'empêchoit de me reconnoître. On vient m'annoncer qu'on me demandoit ici, feroit-ce vous, Mademoifelle dit-elle, en s'adreffant à moi? On m'avoit dit que c'étoit une femme de ma Mere, je ne vous connois pas pour être à elle. Ce n'eft pas auffi, repris-je d'une voix tremblante, à Madame votre Mere que je defirerois d'avoir l'honneur d'apartenir; mes vœux ont un objet bien plus intéreffant, c'eft à vous, Mademoifelle, à décider de mon bonheur. Moi, Mademoifelle, reprit-elle, eh! Que puis-je faire pour vous? Prononcez d'un seul mot l'arrêt de ma vie ou de ma mort, interrompis-je avec feu, me rendre le plus heureux ou le plus malheureux des hommes. Ah! Silvie, pouvez-vous méconnoître un cœur qui vous adore? ah Dieu!.. s'écria-t'elle : elle n'eut que la force de prononcer ce peu de paroles. La surprise où elle étoit lui fit perdre connoissance, elle s'évanoüit, & tomba sans que je pusse m'y opposer en étant empêché par la grille qui nous séparoit.

J'apellai du secours, quelques sœurs accoururent, j'entrai dans le parloir, je m'empressai de la relever, on lui fit prendre l'air, elle revint. Lorsque sa foiblesse fut passée elle tourna les yeux sur moi, & parut effrayée de se voir dans mes bras. Elle dit qu'elle vouloit remonter dans sa chambre. Vous n'y pensez pas, Mademoiselle, repris-je, vous savez bien que j'ai des choses intéressantes à vous dire de la part de Madame votre Mere, il faut absolument que je vous parle, votre foiblesse est passée, ce n'est rien, elle n'a été causée que parce que vous étiez trop serrée, si cependant vous voulez remonter chez vous, j'aurai l'honneur de vous y accompagner & de vous donner le bras.

Silvie ne put, malgré son sérieux, s'empêcher de soûrire de ma proposition : je vous remercie, Mademoiselle, dit-elle, puisque vous avez à me parler, vous pourrez le faire aussi commodément ici que dans ma chambre. Quoique je n'en convinsse pas tout-à-fait, je ne la pressai pas davantage. Les Religieuses nous quittérent, & nous restâmes seuls. Elle voulut me faire repasser de l'autre côté de la grille. Que craignez-vous, Mademoiselle, lui dis-je, d'un amant qui vous adore, & qui mourroit plutôt que de vous offenser ? je ne sai pas, reprit-elle, quel nom vous pouvez donner à la hardiesse que vous avez d'ôser troubler mon repos ? Je croyois mériter d'être respectée, & je vois que je ne le suis pas. Ah ! Mademoiselle, repris-je, que ne pouvez-vous lire au fond de mon cœur ? Vous connoîtriez à la pureté de mes sentimens pour vous, que mon respect égale mon amour. Pardonnez ma témérité, je n'entreprendrois pas tant, si je vous aimois moins. Je ne puis vivre plus long-tems dans la cruelle incertitude où je suis, c'est à vous, Mademoiselle, à regler ma deftinée : m'accablerez-vous de votre haine ? J'en mourrai de douleur, mais je n'en murmurerai pas contre vous : parlez, Mademoifelle, à quoi dois-je m'attendre ?

J'étois fi pénétré d'amour & de crainte en parlant à Silvie, que je ne pus m'empêcher de verfer quelques larmes. Elle m'en parut émûë, fes yeux attendris fembloient partager le fentiment que mon cœur éprouvoit. Je la preffai encore davantage, je pris, en dépit d'une foible réfiftance, une de fes mains fur laquelle j'imprimai le plus tendre baifer, rien ne peut exprimer ce que je reffentis en ce moment, il me fembloit que mon ame avoit paffée fur mes levres. Allezvous, continuai-je, adorable Silvie, m'affûrer de votre haine ? Que vous êtes cruel, reprit-elle, de me preffer comme vous faites ! Ne vous ai-je pas déja dit que je ne vous haïffois pas ? Fautil donc vous dire ?.... elle n'acheva pas, je la regardai, elle baiffa la vûë en rougiffant. Achevez, m'écriai-je avec tranfport, achevez, ne craignez rien que l'excès de ma joye. Laiffez-moi, répondit-elle, laiffez-moi, je vous en conjure, je n'en ai déja que trop dit, je fuis au défefpoir. Je ne doute point de vôtre amour , & je n'ai pas la force d'en être irritée , n'en exigez pas davantage.

Il n'y a que les cœurs qui ont reſſenti des paſſions violentes , qui puiſſent ſe repréſenter ma joye & mon raviſſement. Je fus vingt fois ſur le point de me jetter aux pieds de Silvie pour lui exprimer les tranſports de ma reconnoiſſance. N'abuſez pas plus long-tems de ma foibleſſe , me dit-elle , & ſi vous m'aimez , ne cherchez pas à me donner davantage des preuves auſſi dangereuſes de votre amour : je tremble , lorſque je ſonge que vous êtes ici. Que penſeroit-on de moi, ſi l'on vous ſurprenoit dans l'état où vous êtes ? Ne croiroit-on pas que je ſuis complice de votre témérité ? Je ſerois perdûë ſans reſſource.

Quelque peine que je reſſentiſſe d'être contraint de m'arracher d'auprès de Silvie, il fallut cependant me déterminer à me ſéparer d'elle. Le danger auquel ma témérité expoſoit ſa réputation, ſes inſtances réïtérées, la crainte de lui déplaire, tout me forçoit à la retraite. Je me préparois effectivement à prendre congé d'elle, & j'allois repaſſer la grille, lorſque la Baronne , qu'il ſembloit que le Ciel eût attachée à mes pas, parut tout à coup, & nous pétrifia l'un & l'autre par sa présence. Je maudissois en moi-même la fatalité de mon étoile dont l'influance maligne me poursuivoit sans relâche. J'envisageai du premier coup d'œil les suites de cet accident. Découvert par la Baronne, il n'y avoit plus pour moi de retour à la miséricorde, je ne pouvois plus me flatter de la désabuser, la feinte étoit dévoilée sans espérance d'y revenir. Ce qui acheva de me désespérer, fut que j'apris en même tems qu'elle n'étoit venüe que pour retirer Silvie du Couvent. On lui dit à la porte qu'elle étoit dans le parloir avec une Demoiselle envoyée de sa part. Comme elle étoit bien assûrée de n'avoir envoyé personne, elle fut interdite à cette nouvelle ; quoiqu'elle ne se doutât pas de la vérité, son inquiétude lui fit précipiter ses pas, elle entra fort émüe dans le parloir où elle me trouva occupé à faire mes adieux à Silvie.

Mon déguisement l'empêcha d'abord de me reconnoître ; elle s'aprocha de moi, & me considérant avec une curiosité avide, est-ce vous, Mademoiselle, me dit-elle, qui venez demander ma Fille de ma part ? Oüi, Madame, lui répondis-je, après avoir hésité quelques momens ; l'embarras où j'étois ne put me permettre d'en dire davantage. Comme la Baronne ne m'avoit pas reconnu en entrant, je voulus profiter de cette méprise pour m'évader, afin d'éviter du moins le plus fort de l'orage, & de l'empêcher d'aprofondir un mystère que j'étois bien sûr que personne ne pourroit éclaircir. J'étois déja sur le point d'échaper à la vigilance de ses regards, ayant saisi pour cet effet un instant où elle s'étoit retournée pour interroger sa fille, qui étoit encore plus embarrassée que moi, lorsqu'en jettant les yeux sur moi, & s'apercevant sans doute de mon dessein, arrêtez, Mademoiselle, me dit-elle, que je puisse savoir à qui j'ai l'honneur de parler. En disant cela elle s'avança vers moi, & me prenant par la main, je la vis occupée à démêler dans mes traits la figure de quelqu'un qui ne lui étoit pas inconnu ; elle ne rêva pas long-tems pour me remettre. Son amour & sa jalousie la mirent au fait tout d'un coup. Si son aspect m'avoit d'abord saisi au point de ne pouvoir lui répondre, ma vûë fit le même effet sur elle. Cette vûë s'accordoit si mal avec les espérances qu'elle avoit conçûës, qu'elle eut toutes les

peines

peines du monde à revenir de son étonnement.

Les différens mouvemens de colère,
de haine & de vengeance, dont elle étoit
agitée, l'empêcherent dans leur premier choc, de donner aucun signe extérieur de ce qui se passoit dans son ame.
Ses yeux seuls exprimoient par leurs
regards tout ce qu'elle ressentoit. La
fureur à la fin lui fit rompre le silence.
Quoi, c'est vous, me dit-elle, en éle-
vant la voix ? En vérité, Mademoiselle,
vous êtes fort jolie ! Je suis extrêmement surprise de vous trouver ici, & je
ne m'imaginois pas que vous fussiez assez hardie pour y venir sans mes ordres.

La Baronne, peu maîtresse de sa colère, s'exprimoit avec feu, & parloit
fort haut, quelques Religieuses qui
étoient dans le parloir, & qui apréhen-
derent que Silvie ne fût retombée en
foiblesse, s'aprocherent de nous dans
le dessein de lui donner du secours. La
Baronne, à qui la rage avoit fermé les
yeux continuoit toûjours sur le même
ton, sans s'apercevoir qu'elle pouvoit
être écoutée. En vain je m'efforçois de
calmer un peu la fureur de ses premiers
transports, mes empressemens, loin de
l'apaiser, ne servoient qu'à l'irriter en-

II. Partie.   G

core davantage. Non, Monſieur, s'é-
crioit-elle, il n'y a point de raiſon qui
puiſſe donner une couleur favorable à
votre témérité, vous ne la juſtifierez
jamais, je ne m'attendois pas en vérité
à un trait auſſi ſingulier de votre part.

Au terme de *Monſieur*, dont la Baronne ſe ſervit, les Religieuſes qui l'en-
tendoient, devinerent les motifs qui l'ex-
citoient à parler avec tant de chaleur. Je
ne puis exprimer la frayeur & l'étonnement dont elles furent ſaiſies. Miſeri-
corde, ma Sœur, s'écrioient-elles ! Un
homme déguiſé en femme ! Quel ſcan-
dale horrible, diſoient quelques vielles
Béguines en joignant les mains, Jeſus,
ma Sœur ! Nous ſommes perdûës; c'eſt
un affront pour notre maiſon. Mais par
où eſt-il entré ? Quelle ruſe d'Enfer a
pu lui ſuggérer un pareil artifice ? C'eſt
ſans doute une épreuve dont le malin
eſprit ſe ſert pour nous humilier. Pendant que les unes exprimoient d'un ton
mortifié leur déſolation, d'autres ſœurs
moins timides, & ſur l'eſprit deſquelles
la vûë d'un homme ne faiſoit pas ſans
doute d'auſſi vives impreſſions, me con-
ſidéroient avec des regards critiques &
malins, elles ſe parloient à l'oreille.
Je m'aperçûs en les regardant que l'exa-

men occasionnoit chez elles des réflexions moins chagrines.

J'étois cependant fort embarrassé de
ma contenance, l'emportement de la
Baronne, & la confusion de Silvie me
désespéroient, j'étois sur les épines,
craignant également de sortir ou de demeurer. La nouvelle fut bientôt répan-
dûë dans le Couvent qu'il y étoit entré
un homme déguisé. Peu de chose occupe
dans les cloîtres : plusieurs Religieuses
accoururent pour récréer leur oisive curiosité de la singularité de ce spectacle.
Je me vis bientôt entouré d'un escadron
de guimpes. Je songeois en moi-même
à faire ma retraite dans le meilleur ordre
qu'il me seroit possible. Vous voyez,
Madame, dis-je à la Baronne, à quoi
vous vous exposez : il n'eut tenu qu'à
vous d'éviter une scène aussi désagréable,
si vous aviez voulu entendre mes raisons. Comme, après avoir jetté son premier feu, elle étoit un peu revenûë à
elle-même, & qu'elle sentoit toute la
conséquence de l'éclat qu'elle venoit de
faire, elle ne s'opposa pas plus long-
tems à mon passage. Je me servis de cette
occasion pour sortir. Des Religieuses
qui m'avoient considéré jusqu'alors avec
la plus scrupuleuse attention, recule-

rent à mon approche. J'avançois toûjours : lorfque je fus plus près d'elles , elles fe mirent à prendre la fuite avec la plus étonnante rapidité, le défordre fut général , prefque toutes fe fignoient , comme fi elles avoient été frapées de l'aparition de quelque mauvais Ange. Toutes à la fin fe difperferent , & je reftai feul vis-à-vis d'une vielle Tourrière à qui la foibleffe de fes jambes n'avoit pu permettre de fuivre les autres. Elle m'ouvrit la porte en tremblant & redoublant fes fignes de croix dont elle m'exorcifoit. Je remontai dans le caroffe qui m'avoit amené, fort mécontent de mon avanture , & l'efprit accablé des triftes réflexions que je faifois fur les fuites qu'elle pouvoit avoir.

Je faifois les réflexions les plus chagrinantes fur cette avanture. Je ne voyois aucune aparence de pouvoir remédier à la faute que mon imprudente précipitation venoit de me faire commettre. La colère de la Baronne m'effrayoit , fa flamme méprifée & trahie, la honte d'avoir été trompée d'une manière fi humiliante, l'indignation qu'elle devoit reffentir de mon procédé , le défir de vengeance que devoit naturellement exciter le reffouvenir d'une injure auffi

fenfible dans le cœur d'une femme ou-
tragée, toutes ces idées me faifoient
envifager la perte de Silvie comme un
malheur prefque inévitable. Quel coup
accablant pour mon amour! Je rêvois
triftement fur le malheur qui me pourfui-
voit, & je m'abîmois de plus en plus
dans mes penfées défefpérantes, lorfque le cocher qui me conduifoit s'avifa
de me demander où nous allions : fur
ce que je lui indiquai la demeure de la
coëffeufe où il m'étoit venu prendre, il
fecoüa la tête & me dit d'un ton prefque
familier, en vérité, charmante Demoifelle, il y a bien loin, & nous n'y pour-
rions jamais arriver, fi vous ne me per-
mettez de me défalterer. Fais ce que
tu voudras, lui repondis-je en levant la
portière, & me replongeant plus que
jamais dans mes fombres fpéculations.
Au bout d'une demi-heure mon cocher
prefqu'yvre ouvrit la portière, & me
préfenta un homme auquel il me dit qu'il
étoit néceffaire que je payaffe la dépenfe
qu'il venoit de faire. Je fus étonnée
d'une pareille impertinence, je fatisfis
cependant, pour éviter fes colloques im-
pertinens & ennuyeux ; il remonta fur
fon fiege en chancelant, & nous ne
fûmes pas au détour de la ruë que l'é-

branlement du caroſſe agitant le vin qu'il avoit pris, & lui cauſant un ébloüiſſe-ment qui lui faiſoit ſans doute paroître les objets doubles, il pâſſa une des roüës de ſa miſerable voiture ſur une borne en tournant trop court, & me fit verſer fort rudement. Je revins de la léthargie dans laquelle j'étois abſorbé, à cette violente ſecouſſe. On vint m'aider à me débaraſſer, la colere où j'étois augmenta ma vivacité naturelle : je m'é-lançai legèrement hors du caroſſe, & ſans faire attention à l'habit que je por-tois, je m'emportai contre le cocher que je querellai d'un air peu conforme à ce que je paroiſſois être. Le moderne Hippolite, qui ſe relevoit en jurant d'un tas de boüe dont il étoit tout couvert, & que ſon trébuchement avoit rendu de fort mauvaiſe humeur, me regarda avec l'inſolence d'un Fiacre qui croyoit n'avoir affaire qu'à une femme, pour laquelle même il ne penſoit pas devoir conſerver beaucoup de reſpect, vû les termes dont je me ſervois pour expri-mer mon reſſentiment. Je continuois toûjours cependant à le traiter avec la dernière hauteur, il s'étoit juſques-là contenu dans de certaines bornes ; mais la patience lui échapa, lorſque je vins à le menacer, il releva fièrement son chapeau, & me répondit d'un ton peu religieux. Je ne fus plus maître de ma fureur, je me jettai sur lui, & lui arrachai son foüet. Je me préparois déjà à le frapper, un cercle de populace avide & curieuse nous environnoit, le cocher juroit de la manière la plus énergique, & moi le foüet levé, quoiqu'il semblât redouter peu ma colère, jallois faire pleuvoir sur lui un déluge de coups, tout le monde en silence attendoit l'évenement de cette ridicule dispute.

Le Duc de. . . . . qui passoit dans ce moment, étonné de la nouveauté du spectacle, & voulant partager l'admiration commune, fit arrêter son équipage pour être spectateur d'un combat si singulier. Cependant l'inégalité des forces des combattans, les habits que je portois, l'inclination que tout honnête-homme se sent à obliger le sexe, l'engagerent à interposer son autorité pour prévenir les suites d'une bataille dont l'évenement ne paroissoit pas douteux, malgré la vigoureuse résolution que je témoignois, il descendit lui-même, & me prenant par la main arrêta la vivacité de mes transports, quoique je m'éforçasse de lui résister pour joindre mon coquin de cocher qui me prodiguoit les termes les moins mesurés, il me fit monter dans son équipage à l'aide d'une partie de ses gens, pendant que l'autre s'empressoit de calmer la fureur du Fiacre irrité, & de lui faire entendre raison en le rossant.

Lorsque les premiers mouvemens de ma colère furent un peu calmés, j'envisageai le Duc qui me consideroit attentivement. Je l'avois vû quelquefois chez Monsieur de Vertain, je le remis sans peine ; pour lui mon déguisement l'empêcha de me reconnoître. Où voulez-vous qu'on vous remene, Mademoiselle, me dit-il ? A ce mot de *Mademoiselle* je rentrai en moi-même. Je me rapellai ce qui s'étoit passé ; j'eus honte de l'état où j'étois, les habits qui me couvroient avoient si peu de raport avec l'emportement indécent auquel ma violence venoit de m'abandonner, que je ne pus m'empêcher d'en rougir. Je regardai le Duc sans lui répondre. Puis-je me flater, poursuivit-il, ma belle enfant, que vous daignerez me faire la grace de m'aprendre votre demeure? Quoique je fusse de fort mauvaise humeur, je ne laissai pas de trouver plaisant qu'on me traitât de *ma belle enfant*. Cette idée réjoüiſſante me fit ſoûrire ; comme il continuoit de m'examiner , il ne laiſſa pas échaper cette ſaillie de ma joïe. Ce ris équivoque ne lui donna pas une haute idée de ma vertu ; il fit réflexion ſur le déſordre où j'étois, & ſur la ſcène dont il venoit d'être témoin. Toutes ces circonſtances ramaſſées lui firent augurer que j'étois quelqu'une de ces femmes de facile compoſition, & avec leſquelles il ne faut qu'ébaucher la connoiſſance pour être dans la plus intime familiarité.

Je ne devois pas certainement avoir une figure fort piquante ſous des habits de femme ; mais l'air de jeuneſſe, & ma taille qui paroiſſoit avantageuſe, touchèrent aſſez le Duc pour lui faire regarder la bonne fortune qui lui étoit préſentée comme un de ces heureux préſens du hazard que la prudence ne doit pas laiſſer échaper. Il ne perſiſta pas davantage à vouloir tirer de moi l'aveu de ma demeure, voyant que je m'obſtinois à garder le ſilence ſur cet article, & tournant la converſation ſur d'autres objets, il ſe mit à me débiter les douceurs les plus flateuſes.

Je ne m'étois jamais entendu dire de galanterie, c'étoit une choſe toute nou-

velle pour moi d'y répondre : j'essayai
cependant, & je m'en tirai assez passa-
blement pour une première fois. Le
Duc paroissoit content de ma façon de
recevoir ce qu'il me disoit d'obligeant.
L'embarras où j'étois me tenoit lieu de
modestie, & jettoient de l'incertitude
dans les jugemens qu'il pouvoit faire de
moi sur la manière hardie dont il m'a-
voit vû choquer les bienséances du sexe
dans mon emportement contre le Fiacre.
En démentant ainsi ce qu'il avoit pu remarquer de trop décidé dans ma première promptitude, je me rendois pour lui
une énigme d'autant plus difficile à deviner, que rien ne secondoit sa péné-
tration. J'excitai sa curiosité, il chercha à me développer, & pour cet effet
il résolu de me conduire à une petite
maison qu'il avoit à une lieüe de Paris,
& où il alloit lorsque le hazard m'avoit
offert à ses yeux. Il dit à son cocher de
continuer sa route. Comme j'étois occupé de ce qu'il me disoit, & que les
idées divertissantes que me causoit son
erreur, fixoient mon attention ; je ne
m'aperçus de son dessein que lorsque
nous fûmes prêts de sortir de Paris. Je
crois, Monsieur, lui dis-je, que votre
cocher se méprend ; nous voilà dans la

campagne. Laiſſez-le nous conduire, reprit-il. C'eſt pour vous faire prendre un peu l'air, que je lui ai dis de nous conduire ici. La petite émotion dont vous avez été agitée, ne vous permet pas de rentrer chez vous dans le déſordre où vous êtes.

Le caroſſe alloit toûjours cependant, & nous ne tardâmes guères d'arriver à cette maiſon, azîle des plaiſirs du Duc. C'étoit dans cette retraite qu'il venoit ordinairement philoſopher ſur la volupté, lorſque dégoûté du grand monde il ſentoit ſon cœur preſſé par le beſoin des plaiſirs plus touchans & moins tumultueux. Ce lieu n'étoit deſtiné que pour quelques amis que réüniſſoit la ſenſualité, & des femmes dont l'humeur douce & complaiſante ne s'effarouchoit pas de la vie aiſée qu'on y ſuivoit.

Il y avoit dejà compagnie, lorſque nous arrivâmes; on fit la guerre au Duc de ſa négligence. Je porte mon excuſe avec moi, dit-il en me préſentant, vous voïez en ma perſonne le modele de la Chevalerie, réparateur des torts & des injures. J'ai été obligé de retarder mon arrivée ici, pour tirer cette aimable Princeſſe des mains des plus redoutables enchanteurs, & je viens la conduire dans ce Château, jufqu'à ce qu'il lui plaife de m'ordonner de la faire rentrer dans fes états.

A ces mots toute l'affemblée m'environna, les Chevaliers prodiguerent à mes charmes prétendus les éloges les plus flateurs, trois ou quatre femmes affez jolies me prévinrent par leurs politeffes, il me parut qu'elles s'aplaudiffoient du plaifir de m'avoir pour compagne. Nous nous embraffâmes. Vous voyez, ma Reine, me dit le Duc, la manière dont on fe gouverne ici, & avec quelle efpece de gens vous avez à vivre, il ne tiendra qu'à vous de venir fouvent embellir nos fêtes. Nous rapellons dans ce féjour enchanté le premier âge du monde, ce tems heureux où les hommes, foûmis aux loix de la fimple nature, ignoroient le déguifement & l'artifice. Tout refpire ici la tendreffe & l'amour; mais un amour aifé, fimple & tel que des gens raifonnables doivent le connoître. A propos, continua-t'il, qu'avez-vous donc fait de votre Héroïne? J'efperois de la trouver ici. Elle eft effectivement arrivée, repondit le Chevalier de . . . . . . à qui le Duc avoit paru s'adreffer; mais elle dédaigne notre compagnie, au point de s'être

enfermée

enfermée, & de ne vouloir pas absolument nous ouvrir, quelques instances que nous lui en ayons faites. Comment, reprit-il, Chevalier, vous qui êtes un de ses meilleurs amis, vous n'avez rien pu obtenir d'elle? Cela me surprend. Et c'est à moi justement, repliqua-t'il, qu'elle est le moins en humeur d'acorder des graces. Nous sommes un peu broüillés à la verité, & cela pour un rien; je vais vous en faire juge, bien afsûré que raisonnable comme vous l'êtes, vous me donnerez gain de cause. Nous étions tous ici dans les dispositions les plus favorables du monde & les plus tranquilles, lorsque je me suis avisé de vouloir aprendre à ces Dames une chanson nouvelle, & très-expressive, toutes l'ont repetée avec moi, elle seule nous regardant froidement, sembloit ne pas vouloir daigner nous entendre. Surpris d'un sérieux qui me paroissoit déplacé, je me suis hazardé à lui en demander les raisons; mot, je l'ai pressée, point de reponse, j'ai repris mon couplet, & j'ai voulu la faire chanter avec moi, écoutez ces graves paroles, *laissez-moi*, *Monsieur le Chevalier*, m'a-t'elle dit majestueusement, *je déteste les nudités.* Une reponse aussi fière m'a foudroyé, je

<table><tr><td>*II. Partie.*</td><td>**H**</td></tr></table>

l'avoüe ; cependant après être revenu de mon premier ébloüissement, j'ai essayé de prendre la défense de ce qu'elle reprouvoit avec tant d'injustice : admirez la fatalité de mon étoile, soit caprice ou mauvaise humeur de sa part, soit mal-adresse de la mienne, elle a prétendu que les termes, dont je me servois pour lui faire entendre raison, étoient encore plus nuds que les nudités que je voulois justifier. Elle s'est levée tout d'un coup, & n'écoutant que son depit, sans montrer la moindre sensibilité à nos prières & à nos larmes, elle a eû la barbarie d'aller se cloîtrer dans une chambre, d'où je désespère de la pouvoir tirer d'aujourd'hui. Cela est merveilleux, interrompit le Duc, je n'en suis pas cependant surpris, elle est un peu sujette à ces petits caprices ; & vous, Chevalier, qui la connoissez, vous êtes plus coupable qu'un autre de ne pas vous être accommodé au tems, il falloit laisser passer l'instant de mauvaise humeur; mais c'est une affaire faite. Je vais tenter l'avanture, peut-être serai-je plus heureux que vous. Suivez-moi, je veux absolument vous racommoder ensemble, je n'aime pas à voir les amis en mauvaise intelligenee, vous n'êtes pas faits pour vous haïr.

A ces mots ils nous quitterent, & revinrent un inftant après accompagnés de cette Dame fi fcrupuleufe. Cela eft beau, lui difoit le Duc, de faire l'enfant comme cela, en verité vous devriez rougir d'une pareille foibleffe. On vous excufe cependant, car il faut de l'indulgence avec fes amis; mais c'eft à condition que vous ne vous laifferez plus furprendre par les féductions d'une ridicule delicateffe, au-deffous d'une femme auffi fenfée que vous l'êtes. Il eft honteux qu'à votre âge, & avec l'experience que vous avez, vous donniez dans des travers qu'un enfant regarderoit comme indignes de lui. L'opiniâtre réclufe ne repondoit rien à ces belles exhortations, & fe laiffoit conduire en detournant la tête, & affectant une foible refiftance.

Lorfqu'elle fe fut aprochée de nous, je reconnus la vertueufe Mademoifelle S ***. Le Chevalier qui la tenoit par la main, & qui étoit un de ceux qui m'avoit fuccedé dans fes bonnes graces, s'efforçoit de l'apaifer. Le Duc s'avançant vers moi me dit, voilà mon adorable, une des femmes les plus char-

mantes de Paris, je veux vous faire contracter amitié avec elle, vous m'aurez
obligation de la connoissance que je
vous procure. Allons, Mesdames, em-
brassez-vous ; vous, Chevalier, soyez
sage, & vivons en paix.

Quoique je ne fusse pas trop disposé
à la joie, & que jeusse été charmé de
pouvoir rêver en liberté, il fallut cependant me contraindre, & feindre de
prendre part au divertissement. Le tumulte étourdit insensiblement, quelque
sujet qu'on ait de s'y refuser : il impor-
tune d'abord, on resiste, on veut se
recuëillir d'avantage, les efforts qu'on
fait fatiguent, lassent, rebutent ; le
cœur se laisse à la fin entraîner au torrent, & sa paresse naturelle lui fait,
sans qu'il s'en aperçoive, perdre le mouvement qui lui étoit propre, pour s'accommoder à celui des autres.

On se mit à table, le repas fut gai ;
je perdis par dégrés le sentiment de douleur qui m'attristoit, en quittant le Con-
vent où javois laissé Silvie. Mes in-
quiétudes s'évanoüirent, l'yvresse de
joye est une maladie qui se communi-
que. La table étoit un plaisir nouveau
pour moi, je n'avois jamais assisté qu'à
des repas sérieux, où la bienséance

eaptivé les convives , & mefure leurs difcours & leurs actions. Ceux avec lefquels j'étois ennemi de l'efclavage de la décence, avoient banni de leurs entretiens tout ce qui pouvoit empêcher la vivacité ; ce n'étoit que faillies & bons mots. Je m'animai comme les autres. La S*** s'attacha à moi , nous nous agaçâmes; quelques verres de vin de Champagne avoient operé fa converfion, elle avoit oublié ce fentiment de modeftie qui l'avoit d'abord revoltée contre l'irréverence du Chevalier.

Jufques-là tout alloit affez bien, lorfque le Chevalier s'avifa de plaifanter avec la S*** fur quelques-uns de fes devanciers dans fa familiarité. La S *** qui étoit de bonne humeur , & qui regardoit ces fortes d'avantures comme autant de bonnes fortunes dont elle devoit fe féliciter, fe prêta au badinage. Je ne fus pas oublié ; on tomba fur mon chapitre , je fus traité fans miféricorde. L'impitoyable S*** n'épargna rien. Convenez , lui difoit le Chevalier, qu'à certaines difficultés près , le Marquis de.... étoit aimable, & qu'il a fallu tout l'afcendant de mon étoile pour l'effacer de votre mémoire ; parlez fans vous contraindre , pourfuivit-il, voyant

qu’elle rioit, je suis précisément le contraire d’un jaloux, & j’aime à voir rendre justice au merite. Seigneur, répondit la S*** d’un ton de douleur ridicule, de quel funeste souvenir venez-
vous m’accabler ! Le Marquis n’est plus,
laissons en paix sa cendre. Il n’est plus,
dit le Duc, vous rêvez, il n’y a pas encore long-tems que je l’ai vû chez une
de ses parentes. Quand je dis qu’il n’est
plus, reprit-elle, j’entends quant à certains égards, vous comprenez bien, &
je crois qu’il est inutile de vous faire sentir la distance prodigieuse qu’il y a entre
être comme on est ordinairement, &
ce qu’il est en effet. Figurez-vous quelque chose qui n’a d’être que l’aparence,
& qui n’existe que par miracle.

On peut aisément juger si de pareils
discours me mettoient à mon aise. Vous
ne riez pas, Mademoiselle, me dit le
Chevalier: excusez-moi, lui dis-je d’une
voix altérée, j’en ris tout autant qu’il
m’est possible. Ce ris n’est pas naturel,
reprit-il, il faut absolument que ce Marquis soit de vos amis. En tout cas, ajoû-
ta la S***, je plaindrois Mademoiselle,
car en vérité je l’ai laissée dans l’état le
plus déplorable ; il vous eût fait pitié,

Chevalier, car vous avez le cœur tendre. Effectivement, reprit-il, votre
feul récit m'afflige. J'étois fenfiblement
mortifié d'effuïer des railleries fi cruelles.
La colere & la honte dont j'étois tourmenté paroiffoient fur mon vifage. Je
ne pus m'empêcher de regarder le Chevalier avec des yeux irrités. Mais réel-
lement, pourfuivit-il, je crois qu'un
foupçon que je n'avois fait que hazarder,
va bientôt fe tourner en certitude. Seroit-il bien vrai que vous connoiffiez
affez le Marquis pour vous intéreffer à
fon fort ? Je vous demande mille pardons
de ce que nous avons dit, ho, parbleu,
cela eft trop divertiffant, ajoûta-t-il ! Je
ne veux pas cependant que vous foyez
fâchée contre moi. Je défire au contraire d'être de vos amis, & vous ne pouvez me refufer, car il eft écrit que je
trouverai grace devant toutes les femmes
qui lui veulent du bien. Demandez à
Mademoifelle S***, c'eft ma deftinée.
En difant cela le Chevalier fe leva de
fa place, & vint fe mettre auprès de
moi un genoüil en terre.

J'étouffois cependant, & ma fureur
étoit fur le point d'éclater. Le Chevalier voulut m'embraffer : comme je le

repouſſois, & que j'étois renverſé ſur mon ſiége, je fis tomber une tabatière qui étoit ſur la table ; il s'empreſſa de la relever, ſa main s'égara, il ne fut plus en ma puiſſance de diſſimuler mon reſſentiment, je me levai de table, je ſaiſis l'épée du Duc qui étoit auprès de moi, & je fondis avec fureur ſur le Chevalier. Allons, lui criai-je, Monſieur, ſongez à vous défendre.

Au mouvement que je fis en mettant l'épée à la main, tout le monde ſe leva de table avec précipitation, on ſe mit au-devant de moi. Les efforts qu'on fit pour me déſarmer, firent tomber ma coëffure ; mes cheveux qui étoient fort longs ſe répandirent ſur mes épaules. La S*** fut la premiere à me reconnoître. Que vois-je, s'écria-t-elle ! C'eſt le Marquis de … j'étois fâché d'être reconnu, il n'y avoit plus moyen cependant de ſe déguiſer davantage. Le Duc qui ſe mit auſſi-tôt entre le Chevalier & moi, arrêta notre premier feu, il nous engagea à nous mettre à table, & fit tant par ſes raiſons, que j'oubliai mon reſſentiment contre le Chevalier, qui lui-même, honteux de ſon imprudence, s'empreſſa de la réparer à force de politeſſe. Le bruit cessa, la serenité reparut, on ne songea plus qu'à terminer la journée agréablement ; je revins à Paris sur le soir, & ayant repris mes habits ordinaires, je rentrai chez mon Oncle, laissant le Duc fort curieux du sujet de mon déguisement, & avec promesse de le revoir quelques jours après.

F I N.